U0464935

国际大奖小说
挪威青少年图书奖

棕色侠

[挪威] 哈康·俄雷奥斯 / 著
[挪威] 俄温·托斯特 / 绘
李菁菁 / 译

天津出版传媒集团
新蕾出版社

图书在版编目(CIP)数据

棕色侠/(挪)俄雷奥斯著;(挪)托斯特绘;李菁菁译. -- 天津:新蕾出版社, 2015.11(2024.1 重印)
(国际大奖小说)
ISBN 978-7-5307-6302-5

Ⅰ.①棕… Ⅱ.①俄… ②托… ③李… Ⅲ.①儿童文学-中篇小说-挪威-现代 Ⅳ.①I533.84

中国版本图书馆CIP数据核字(2015)第226134号

Original title: BRUNE
Copyright © Gyldendal Norsk Forlag AS 2013. Simplified Chinese Translation Copyright © 2015 by New Buds Publishing House (Tianjin) Limited Company. This translation has been published with the financial support of NORLA.
ALL RIGHTS RESERVED
津图登字:02-2015-73

出版发行:天津出版传媒集团
　　　　　新蕾出版社
http://www.newbuds.cn
地　　址:天津市和平区西康路35号(300051)
出 版 人:马玉秀
电　　话:总编办(022)23332422
　　　　　发行部(022)23332351　23332679
传　　真:(022)23332422
经　　销:全国新华书店
印　　刷:天津新华印务有限公司
开　　本:880mm×1230mm　1/32
字　　数:23千字
印　　张:5
版　　次:2015年11月第1版　2024年1月第15次印刷
定　　价:24.00元

著作权所有,请勿擅用本书制作各类出版物,违者必究。
如发现印、装质量问题,影响阅读,请与本社发行部联系调换。
地址:天津市和平区西康路35号
电话:(022)23332677　邮编:300051

前 言

一辈子的书

梅子涵

亲近文学

一个希望优秀的人,是应该亲近文学的。亲近文学的方式当然就是阅读。阅读那些经典和杰作,在故事和语言间得到和世俗不一样的气息,优雅的心情和感觉在这同时也就滋生出来;还有很多的智慧和见解,是你在受教育的课堂上和别的书里难以如此生动和有趣地看见的。慢慢地,慢慢地,这阅读就使你有了格调,有了不平庸的眼睛。其实谁不知道,十有八九你是不可能成为一个文学家的,而是当了电脑工程师、建筑设计师……可是亲近文学怎么就是为了要成为文学家,成为一个写小说的人呢?文学是抚摸所有人的灵魂的,如果真有一种叫作"灵魂"的

东西的话。文学是这样的一盏灯,只要你亲近过它,那么不管你是在怎样的境遇里,每天从事怎样的职业和怎样地操持,是设计房子还是打制家具,它都会无声无息地照亮你,使你可能为一个城市、一个家庭的房间又添置了经典,添置了可以供世代的人去欣赏和享受的美,而不是才过了几年,人们已经在说,哎哟,好难看哟!

谁会不想要这样的一盏灯呢?

阅读优秀

文学是很丰富的,各种各样。但是它又的确分成优秀和平庸。我们哪怕可以活上三百岁,有很充裕的时间,还是有理由只阅读优秀的,而拒绝平庸的。所以一代一代年长的人总是劝说年轻的人:"阅读经典!"这是他们的前人告诉他们的,他们也有了深切的体会,所以再来告诉他们的后代。

这是人类的生命关怀。

美国诗人惠特曼有一首诗:《有一个孩子向前走去》。诗里说:

> 有一个孩子每天向前走去,

他看见最初的东西,他就变成那东西,

　　那东西就变成了他的一部分……

　　如果是早开的紫丁香,那么它会变成这个孩子的一部分;如果是杂乱的野草,那么它也会变成这个孩子的一部分。

　　我们都想看见一个孩子一步步地走进经典里去,走进优秀。

　　优秀和经典的书,不是只有那些很久年代以前的才是,只是安徒生,只是托尔斯泰,只是鲁迅;当代也有不少。只不过是我们不知道,所以没有告诉你;你的父母不知道,所以没有告诉你;你的老师可能也不知道,所以也没有告诉你。我们都已经看见了这种"不知道"所造成的阅读的稀少了。我们很焦急,所以我们总是非常热心地对你们说,它们在哪里,是什么书名,在哪儿可以买到。我就好想为你们开一张大书单,可以供你们去寻找、得到。像英国作家斯蒂文生写的那个李利一样,每天快要天黑的时候,他就拿着提灯和梯子走过来,在每一家的门口,把街灯点亮。我们也想当一个点灯的人,让你们在光亮中可以看见,看见那一本本被奇特地写出来的书,夜晚梦见里面的故事,白天的时候也必然想起和流连。一个孩子一天

天地向前走去,长大了,很有知识,很有技能,还善良和有诗意,语言斯文……

同样是长大,那会多么不一样!

自己的书

优秀的文学书,也有不同。有很多是写给成年人的,也有专门写给孩子和青少年的。专门为孩子和青少年写文学书,不是从古就有的,而是历史不长。可是已经写出来的足以称得上琳琅和灿烂了。它可以算作是这二三百年来我们的文学里最值得炫耀的事情之一,几乎任何一本统计世纪文学成就的大书里都不会忘记写上这一笔,而且写上一个个具体的灿烂书名。

它们是我们自己的书。合乎年纪,合乎趣味,快活地笑或是严肃地思考,都是立在敬重我们生命的角度,不假冒天真,也不故意深刻。

它们是长大的人一生忘记不了的书,长大以后,他们才知道,原来这样的书,这些书里的故事和美妙,在长大之后读的文学书里再难遇见,可是因为他们读过了,所以没有遗憾。他们会这样劝说:"读一读吧,要不会遗憾的。"

我们不要像安徒生写的那棵小枞树,老急着长大,老以为自己已经长大,不理睬照射它的那么温暖的太阳光和充分的新鲜空气,连飞翔过去的小鸟,和早晨与晚间飘过去的红云也一点儿都不感兴趣,老想着我长大了,我长大了。

"请你跟我们一道享受你的生活吧!"太阳光说。

"请你在自由中享受你新鲜的青春吧!"空气说。

"请你尽情地阅读属于你的年龄的文学书吧!"梅子涵说。

现在的这些"国际大奖小说"就是这样的书。

它们真是非常好,读完了,放进你自己的书架,你永远也不会抽离的。

很多年后,你当父亲、母亲了,你会对儿子、女儿说:"读一读它们,我的孩子!"

你还会当爷爷、奶奶、外公和外婆,你会对孙辈们说:"读一读它们吧,我都珍藏了一辈子了!"

一辈子的书。

目 录

棕色侠

BRUNE

1 外公去世了 ………… 1

2 三桶油漆 ………… 4

3 破坏木屋的男孩们 ………… 12

4 超级英雄的诞生 ………… 28

5 应有的惩罚 ………… 42

目录

棕色侠

BRUNE

6 孔雀羽毛和长颈鹿耳朵 ………… 50

7 木屋守护者 ………… 55

8 任务失败 ………… 72

9 葬礼 ………… 94

10 教堂行动 ………… 105

11 一切都会好的 ………… 119

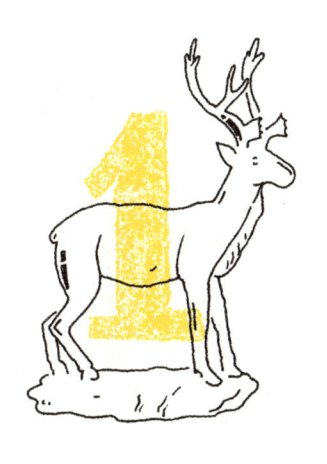

外公去世了

外公去世的那一天，爸爸妈妈都去了医院，他们把小宗留在了兰薇婶婶家。兰薇婶婶家里有股奇怪的味道，闻上去像是鹅肝酱。她家的电视机和柜子上摆满了各种各样的小玻璃制品，卫生间里还有一只玻璃驯鹿。她家客厅里的收音机一直开着，音量调到最低，但是从来都不关。

今天的晚餐吃的是鱼。小宗坐在餐桌前，静静地看着盘子里堆成小山似的洋葱，呆呆地坐了很久。他觉得手里的刀叉变得越来越沉，简直快要举不起来了。

兰薇婶婶说:"亲爱的,你得吃点儿东西,你喜欢吃青鳕鱼吗?"

小宗说:"我喜欢吃软糖。"

傍晚的时候,爸爸来婶婶家接小宗。他告诉小宗,外公去世了。

小宗一边穿外套,一边回了一句"嗯"。

然后,他走出婶婶家,坐在车里等爸爸。他静静地坐在车里,用手不停地抠仪表盘上的贴纸。过了一会儿,爸爸也从婶婶家里走了出来。爸爸坐上驾驶座,把车钥匙插进钥匙孔,但是没有发动车。

爸爸问:"你还好吗?"

小宗说:"嗯,还好。"贴纸被撕掉后残留了一些白色痕迹,他一直呆呆地注视着那里。

爸爸不再说话。然后,他们开车回家了。

三桶油漆

第二天,小宗还得在兰薇婶婶家待上一天,因为爸爸和妈妈要再去一趟医院。

小宗问他们:"为什么?"

妈妈说:"我们还得处理一些实际的事情。"

小宗点点头,表现得仿佛他明白"实际"这两个字到底是什么意思一样。

之前,他们全家从城市搬到乡下的时候,妈妈也说过,住在乡下更"实际"。那时,小宗觉得"实际"两个字的意思是：他能有更多的时间和外公待在一起。但是，他现在明白了，他的答案是错的。

兰薇婶婶站在门后迎接他。

小宗走上楼梯，在她身旁脱下鞋。

她轻轻地拍拍他的头，高兴地说："嗨，小宗！很高兴你今天也能待在这里！"

小宗说:"是的,我觉得这比较实际。"

他坐在沙发上,面前的茶几上摆着三个玻璃企鹅。兰薇婶婶在厨房里,不知在叮叮当当地摆弄什么机器。小宗跑过去看,原来她正在用搅拌机搅肉。过了一会儿,她把机器关上了。

婶婶兴奋地说:"我们今天要吃肉饼哟!"当她大笑的时候,小宗可以看到她嘴里歪歪扭扭的牙齿。

小宗听到婶婶在摆放食物和餐具的声音。没多久,她叫小宗过去帮忙。

"你能不能去地下室里拿瓶饮料上来?"

小宗说:"好的。"

他打开地下室的门,一股臭气扑面而来,闻上去就像是很久没洗的运动服的味道。他打开灯,扶着地下室斑驳的墙面走下楼梯。他用手戳了戳一桶白色油漆上的气泡,几滴油漆溅了出来。在架子旁边有很多瓶饮料,他拿了最上面的一瓶。瓶子上面落了很多灰尘,一拿起来,灰尘立刻在空中飞舞,小宗被呛得直咳嗽。他转身走回楼梯。这时,他发现楼梯下面放着三大桶油漆。小宗弯腰看了看,都是棕色的油漆。

晚饭的时候,他问婶婶:"我能用您放在地下室楼梯下面的油漆吗?"

兰薇婶婶刚刚吞下了一大块肉饼。她一边咀嚼一边盯着小宗。

过了一会儿,她问:"你要油漆干什么?"

小宗说:"刷漆呀。"

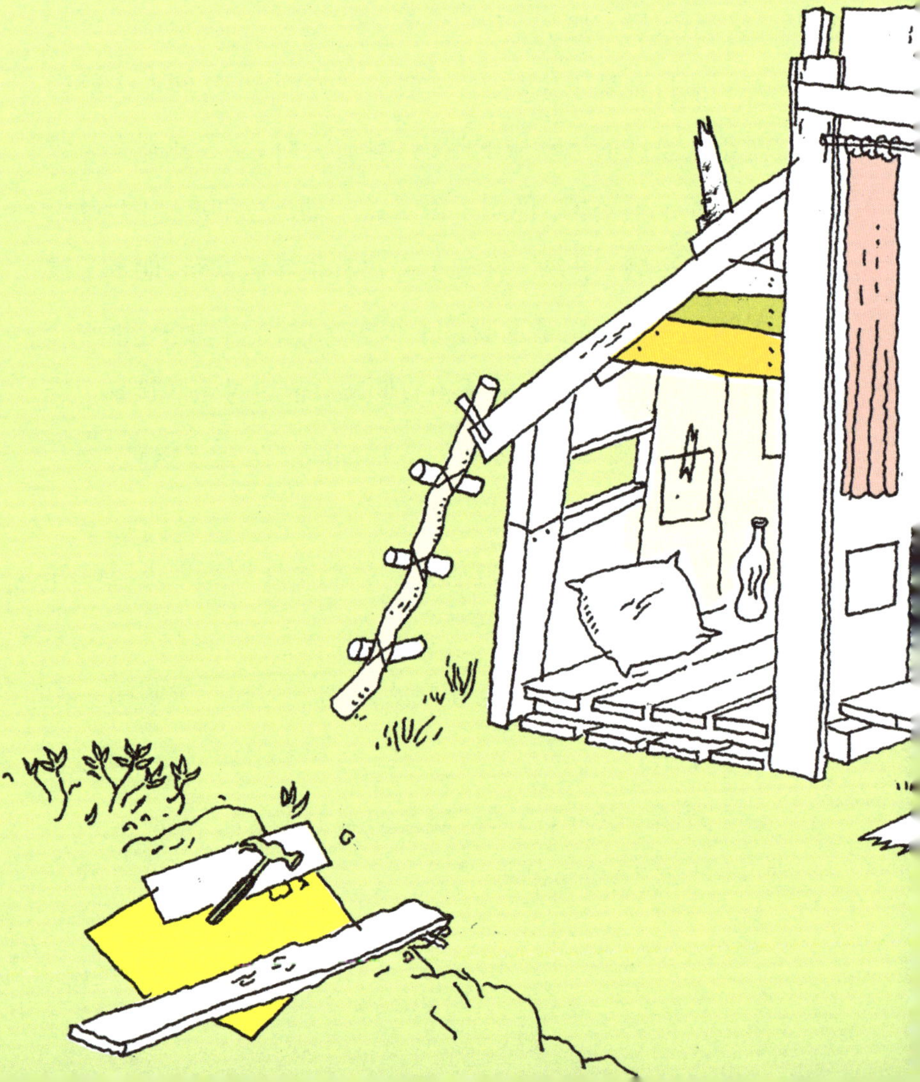

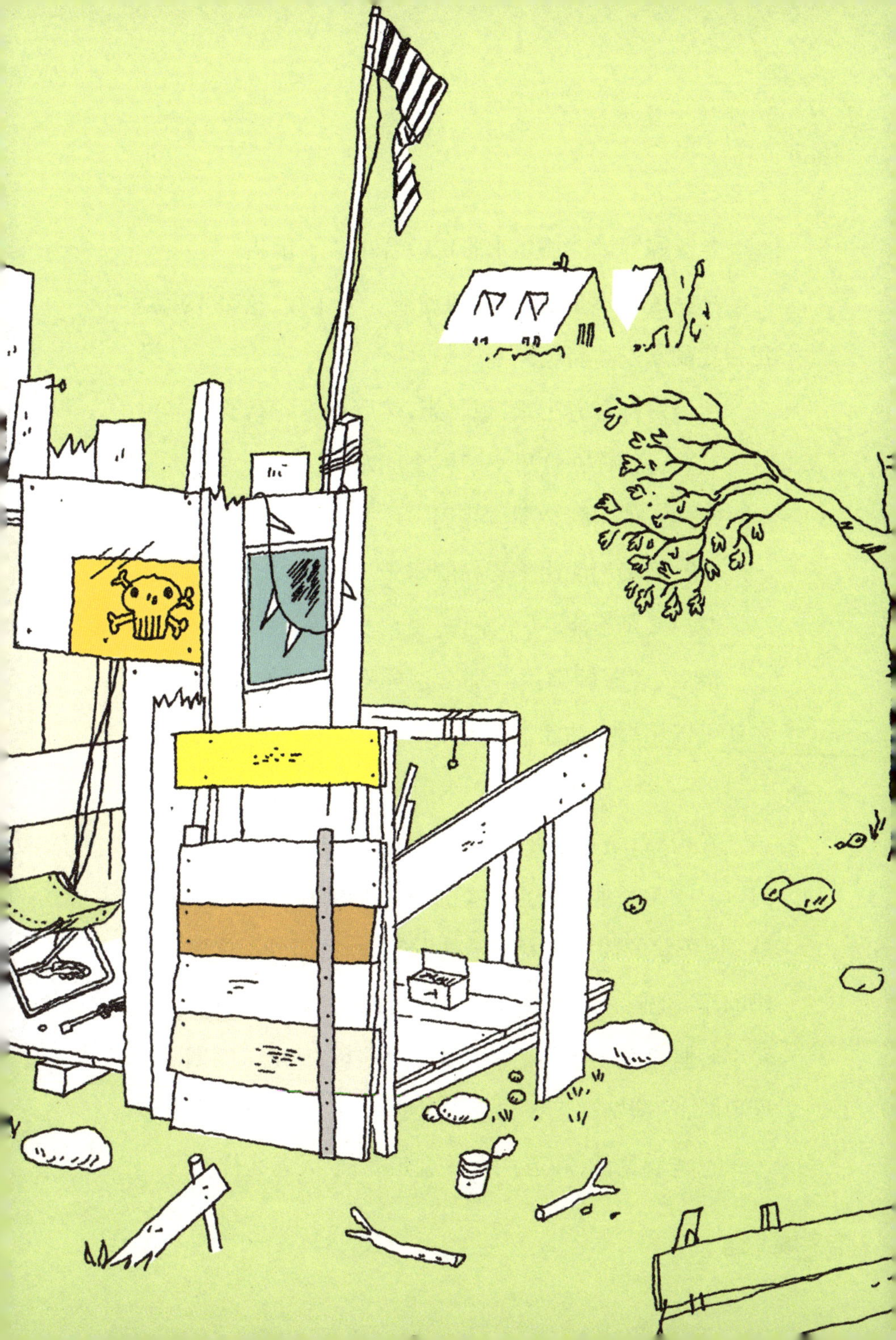

兰薇婶婶说:"还是水彩更适合小孩子玩儿。"

小宗说:"不是玩儿,我要粉刷一个木屋,这个木屋是我和我的朋友阿特勒一起盖的。"

兰薇婶婶看着小宗,想了想,然后点头同意了。

"这么说,你在这里交了一个朋友?"

"是的,他叫阿特勒。我们一块儿盖了一个木屋。"

"嗯,确实不能用水彩粉刷房子。"

"对呀,是不能。"小宗说。

最后,兰薇婶婶说:"那么这样吧,只要你爸爸同意,你就可以用那些油漆。"

晚饭后,小宗站在窗前,看到爸妈的车停在了婶婶家门口。于是,他跑去地下室把那三桶油漆搬到地下室门外。地下室的门正对着屋子的后门,而后门外正好停着爸妈的车。他打开后备厢,把一桶桶油漆放了进去,最后,他轻手轻脚地关上车门。等他做完这一切,从地下室回到客厅里时,兰薇婶婶正在和爸爸说话。

爸爸看见他,问道:"你在这儿呢,今天怎么样?"

小宗说:"挺好的。"

妈妈问:"你有没有乖乖的呀?"

爸爸朝小宗伸出手,好像手里有什么东西要给他。小宗看着爸爸的手。

"我们去外公家收拾东西,找到了这个,我们觉得应该把它交给你。"

爸爸的手里有一块怀表。小宗一眼就认出了它。那是外公的怀表,怀表上还有一条长长的链子。小宗从爸爸手里接过怀表,它还保留着爸爸手心的温度。

小宗说:"表不走了。"

爸爸说:"你可以给它上发条。"他转过身接着和兰薇婶婶说话去了。小宗拧了拧怀表上的按钮,但表针还是纹丝不动。

破坏木屋的男孩们

阿特勒家的信箱歪歪扭扭地钉在一根木头上。阿特勒住在阁楼上,每次去他房间都得爬楼梯。从他房间的窗户能看到教堂顶,在教堂顶周围立着几个很大的银灰色的脚手架,好像是用来修缮教堂顶用的。

小宗望着教堂顶,轻轻地说:"我外公周一的时候死了。"

阿特勒说:"哦。我叔叔死在了山上。他从一座冰川上面摔下来后,大家就再也找不到他了。他现在应该被冻在

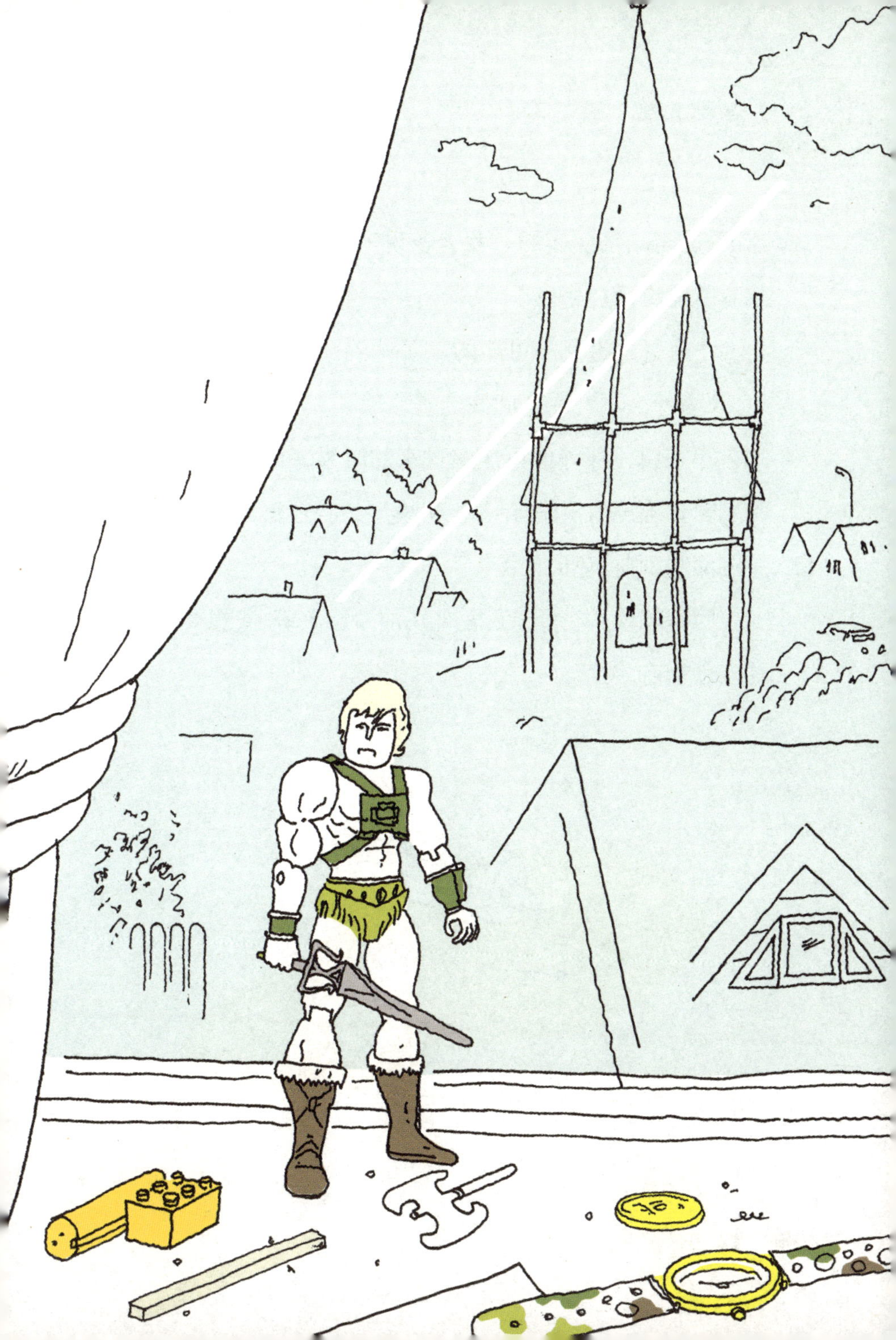

冰下，冻得结结实实的。我老爸说等冰全都融化的时候，叔叔就能再活过来。"

小宗说："这是不可能的。"

"为什么不？你去问我老爸。"

小宗说："那等他再次醒过来的时候，他肯定会觉得特别晕。"他边说边摆弄着飞机模型，"我还得给咱们的木屋刷漆呢，刷棕色的油漆。"

阿特勒说："行啊。我表哥在油漆厂上班，我想要多少油漆就能有多少。"

小宗用手拨弄着飞机的一个轮子,轮子突然掉了下来。

"你把飞机弄坏了?"

"没有,这能修好。"

"你得赔我。"

小宗说:"把它用胶水重新粘回去不就行了?"

阿特勒说:"胶水可不是免费的。"

小宗把飞机放下,"我们去给木屋刷漆吧?"

阿特勒说:"明天吧,我今天得和妈妈出去。"

"去干吗?"

"我也不知道,但是妈妈说我必须得和她一块儿去。"

穿过花园,小宗沿着一条小路朝他们盖的木屋走去。

木屋建在森林边，有三辆自行车停在旁边。小宗望向木屋，发现那里有三个大个子的男孩。他认出他们分别是安东、牧师的儿子和从德拉门①来的鲁本。他们三个人总在一块儿玩。

这三个男孩在用脚踢木屋。牧师的儿子还在那里乱动搭建用的木板。整个木屋被弄得摇摇摆摆，快要塌了似

---

①德拉门，挪威东南部港市，是挪威的第九大城市。

的。

小宗对着他们大声喊道:"不许破坏我们的木屋!"

三个男孩停了下来,看着小宗。

从德拉门来的鲁本说:"小个子,你说什么?"

小宗又重复了一遍:"我说别破坏这个木屋。这是我们的。"

牧师的儿子说:"这上面写着你的名字吗?"

"没有,但它的确是我们的。"

"现在这是我们的木屋了。"安东边笑边说道,"我们需要这些木材。"

小宗扭头看了看小山坡上停着的自行车。

他说:"那上面写着你们的名字吗?"

男孩们没有回答。小宗感到他的双手在不自觉地发抖,但是他用尽全力握紧自己的拳头,不让他们看出他在颤抖。

"我需要一辆这样的自行车,如果上面没有写着你们的名字,那么我要拿走一辆。"

说完这番话,小宗开始向其中一辆自行车跑去。三个男孩立刻扔下手里的木板,飞快地追了过去。

牧师的儿子大喊:"你想挨揍吗?"

小宗绕过自行车,冲向一条小路。然后,他径直跳上一个小坡,一路冲进他的同学奥丝家花园的灌木丛里。他听到三个男孩在身后追他。他穿过花园,冲上奥丝家的台阶,按响了她家的门铃。安东也紧跟着跑上了台阶,一把抓住了他的一只胳膊。这时,奥丝家的门开了,奥丝的妈

妈走了出来。安东没站稳,一下子摔到了台阶下。

奥丝的妈妈微笑着说:"嗨,小宗。"她的身上披着一条蓝色的披肩,"你是来找奥丝的吗?"

小宗进了屋。他关上身后的大门,看向窗外,发现三个男孩就站在门外的大路上。

奥丝的妈妈冲着二楼喊了一声:"奥丝!有人找你!"

她回过头说:"她马上就来。"然后,转身进了客厅。

奥丝从楼梯上走下来。她饶有兴趣地看着小宗,仿佛在看一个圣诞节的礼物。

小宗说:"我正在被牧师的儿子追打。"

奥丝说:"到这儿来。"

他们进了厨房。从窗户能看到那三个男孩还在外面的大路上。他们已经回去把自行车骑了回来,现在正骑着自行车在屋外绕圈。

小宗说:"我不知道我还能不能回家了。"

"我们去我的房间吧,让他们在外面待着,自讨没趣去吧。"

奥丝的房间里有一股发胶味儿。房间的墙壁上贴了许多张印着马的海报。

小宗问:"你喜欢马?"

"不喜欢,一点儿都不喜欢。这是我姐姐不要的东西。她觉得如果我把这些画贴在这里,天天看着它们,我就会开始感兴趣了。"

"有效果吗?"

"我还不知道呢。我打算再试一个月。"

小宗说:"我外公周一死了。"

"嗯,真遗憾。"奥丝说,"我外婆去年死了,但是她一点儿都不招人喜欢,所以我也没觉得有多伤心。你伤心吗?"

"不伤心,但是我外公特别特别好。"

"那我就不明白了,你为什么不伤心呢?"

"你外婆为什么不招人喜欢?"

"我记得,以前每次我和妈妈一块儿去看她的时候,我从来都不能进屋,只能坐在门外的台阶上等着妈妈。当她来我家看我们的时候,我们必须得向她弯腰鞠躬,而且

不能在她面前说'啊？'我们必须得说'您说什么'。还有，我们不能待在客厅里，因为她说我们是噪音制造者。我还记得有一年的圣诞节，我们得到了一本关于生活规矩的书，而吃晚餐的时候，姐姐因为忘记把餐巾正确地放在腿上，就被罚不能吃晚餐，而且得提前上床睡觉。我觉得她简直就是个疯子。"

"你妈妈没说什么吗？"

"我觉得她不敢说，因为外婆是个疯子。"

"我外公可不是个疯子。"

奥丝说："所以我不明白，你为什么不伤心呢？"

小宗准备回家的时候，外面的男孩们已经离开了。奥丝站在门口冲他招了招手。小宗觉得他好像听到身后有自行车的声音，于是马上开始奔跑。

回到家后，他看到爸爸和妈妈都在厨房里。餐桌上摆着几个大盘子。他看看他们的盘子，知道他们已经吃过晚饭了。

妈妈问："你去哪儿了？"

小宗说:"我去找阿特勒了。"

妈妈说:"我给阿特勒家打过电话了,但是你不在那里。"

"我在躲三个男孩。"

"躲?小宗,你没有闯祸吧?你可不是那样的孩子。我们刚刚搬到这里,一来就开始惹事儿可不好呀。"

爸爸打断了二人的谈话:"我们已经搬来这里半年了。"

小宗说:"不是我挑的事儿,他们要拆我和阿特勒盖的木屋。"

妈妈说:"我知道了,但是不管怎么说,闯祸都不是什么好事。"

小宗什么都没有说，从自己的盘子里面拿了一块土豆。他用手举起土豆，用刀子把土豆的皮慢慢剥下来。妈妈站起身，把她的盘子放进洗碗池里面，离开了厨房。爸爸坐在那里看着小宗。

　　他问："小宗，你没事吧？"

　　小宗说："嗯，挺好的。"

超级英雄的诞生

晚上,电视台播放了一部电影。这部电影讲了一个名叫 X 光侠的超级英雄的故事。X 光侠能用眼睛透视房子和汽车,当他得知一个大坏蛋要把一座很高的大楼拆毁时,他决定去阻止大坏蛋。小宗和同学们在学校里讨论过这部电影。

电影要开始的时候,妈妈说:"你得上床睡觉了。"

小宗问:"我能不能看完这部电影?"

爸爸说:"可以。"

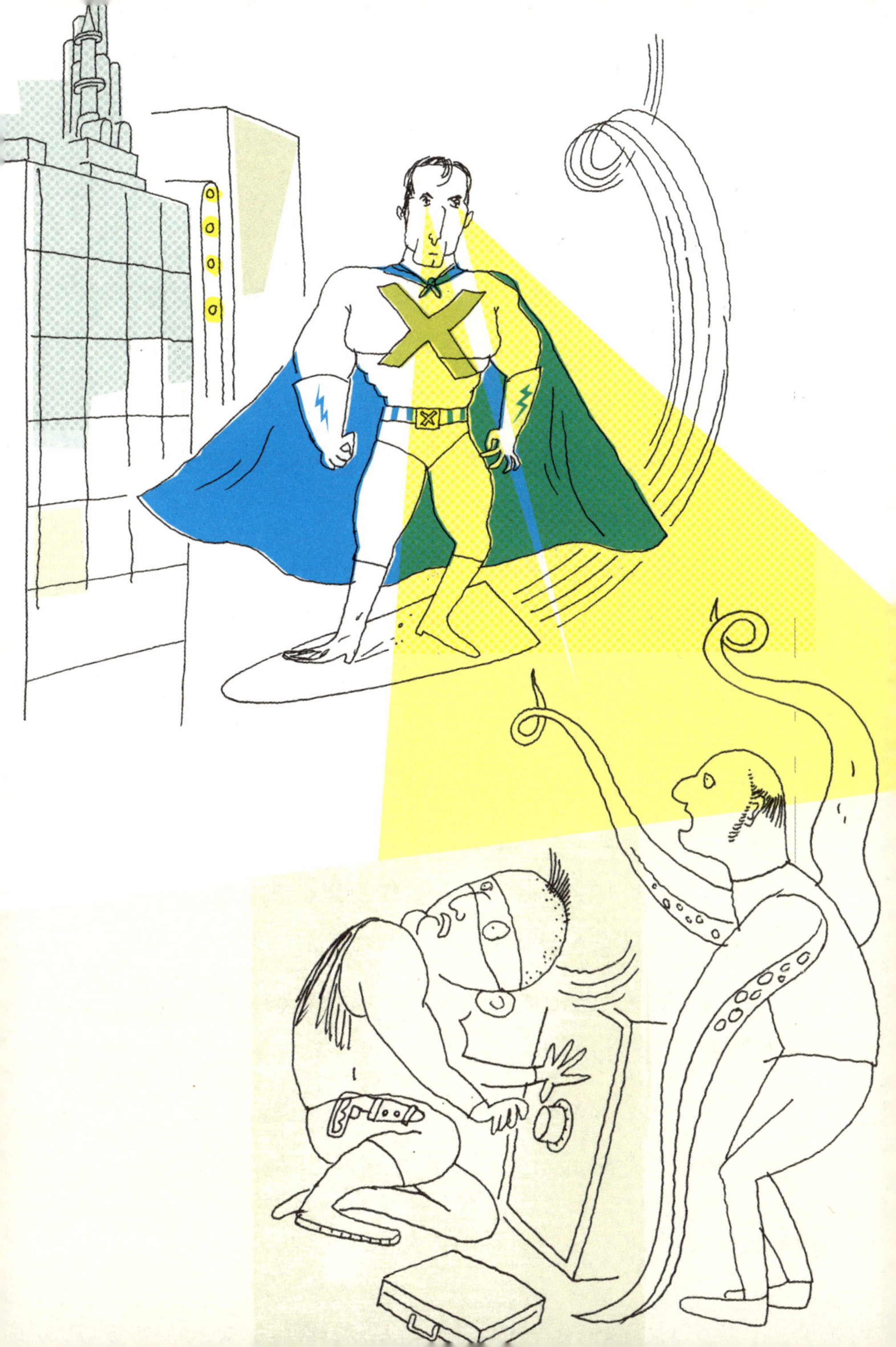

妈妈说:"现在已经很晚了。"

小宗没有去睡觉,但是在电影中间插播广告的时候,妈妈说他现在必须去睡觉了。小宗默默地站起身来,准备回自己的房间。突然,他听到外面有什么动静,听上去像是有人在喊。小宗跑到窗前,把脸贴在玻璃上往外看去。花园里黑乎乎的,他好像看见有三个人影。

"是咱们家的苹果树!"妈妈大喊道。

爸爸立刻跑向大门。他迅速穿上木拖鞋,冲了出去。外面的人影很快消失在小山坡上。与此同时,小宗也跑到了大门口。他站在台阶上望向夜幕,周围一片寂静。小宗觉得双臂有些冷。这时,他又听到了什么动静,三个骑在自行车上的人影正在飞快地逃离大路。虽然外面很黑,但是小宗仍然一眼就认出了其中一个身影,那个骑在自行车上的长长的背影是从德拉门来的鲁本。

"这群捣蛋鬼!"小宗一进门就听到爸爸在说,"真不知道咱们怎么招惹他们了!"

妈妈说:"我也不觉得有人会来给我们找麻烦呀。"

电影又开始了,小宗可以再看一会儿。他一直看到了下一段广告插播的时候。

　　小宗躺在自己的床上,却怎么都睡不着。他仿佛听到窗外有自行车车轮轧过石子路的声音,好像还有人的笑声。他忍不住起身来到窗前,看着窗外漆黑的道路,那里什么都没有。小宗回到床上躺下。他拿出外公的怀表,用手拧了拧表上的按钮,但是表针还是没有动。小宗把怀表放在枕头下面。他失眠了。每当他感觉快要睡着的时候,就会立刻听到外面传来一阵自行车的车轮声,还有人在叫喊和大笑的声音。

　　这时,他听到爸爸妈妈回房睡觉了。

　　他小心翼翼地打开自己房间的大灯,走到衣柜前。那里放着他从兰薇婶婶家拿来的油漆桶。他打开一桶油漆,用一支铅笔蘸了蘸油漆。油漆桶里的油漆非常浓稠,就像是很稠很稠的粥一样,可以用铅笔在表面留下痕迹,而且要很久才会消失。小宗开始在上面写字。他先写了自己的名字:"小宗"。油漆的表面慢慢恢复成了原状。然后,他又写了"棕色"两个字。油漆的表面又慢慢地恢复水平。于是

他接着写下了：

"棕——色——侠"。

他盯着这三个字，默默地看着它们消失不见，他觉得自己的名字和棕色侠简直太匹配了。于是，他又重新写了一遍："棕色侠"。

突然，他站了起来。他在衣柜里找出一条棕色的裤子，在衣柜的最上层找到了一件黑色的T恤衫，上面有棕

色的条纹。然后，他蹑手蹑脚地走到客厅里。客厅的沙发上有一条棕色的毯子，他把它悄悄地拿回自己的房间里，披在身上，在脖子前系了个结。这看上去是件不错的披风，就是那个领结有点儿大。小宗在书桌的抽屉里面找到一把剪子，他用剪子在领子的地方剪了一个半圆，这让领结看上去舒服多了。他还用剪刀把一块硬纸板剪成了一个面具的形状，像是蒙面大盗戴的那种面具。

小宗溜出自己的房间,来到卫生间,想照照自己是什么样子。他看着镜子里的自己,觉得棕色披风下的心脏在狂跳不止。这一刻,他不再是小宗,站在镜子前的是一个超级英雄——棕色侠。卫生间的门后挂着一条棕色的皮带,这是妈妈平常用的。棕色侠心想,嗯,它看上去是一条适合给超级英雄用的腰带。好的,现在一切准备完毕,可以随时准备出发了。他又回到自己的房间,然后从枕头下

面拿出了外公留给他的怀表。就在他准备把怀表放进口袋的时候,他突然发现:怀表的表针动了!棕色侠把怀表放在耳旁,听到"滴答滴答"的响声。他把怀表装进口袋,又紧了紧自己的腰带。

　　棕色侠提起一桶油漆,轻手轻脚地走到大门口。他穿上鞋,小心地打开大门,然后静静地走出去。外面有点儿冷,夜里的寒风吹起了棕色侠披风的一角……

车库的门没有锁，棕色侠在车库的架子后面找到了一把大刷子。接着，他走上大路，一直走到了另一边。他知道从德拉门来的鲁本家在哪里。他家就在大路的转弯处，离阿特勒家不远。

鲁本的自行车就停在他家门口的草坪上。棕色侠走近这辆自行车，打开油漆桶的盖子，把刷子深深地浸入油漆里，让刷子上蘸满厚厚一层油漆。然后，他开始慢慢地用刷子给这辆自行车刷上油漆。嗯，棕色很漂亮，棕色侠这么想着，等鲁本发现他得到了一辆棕色的自行车后，他应该会变得很开心吧。棕色侠咯咯地笑了笑，然后把刷子上多余的油漆在旁边的草地上蹭了蹭。

棕色侠完成了自己的任务，又悄悄跑回大路上，开始奔跑。他的披风在他身后随风摆动。

他沿着这条路一直走到了森林的边沿。那里的树木很茂密，没有一点儿光，但是棕色侠一点儿都不害怕。超级英雄是不会害怕黑暗的，他一边想一边跑进了森林。

就在他快要回到通往他家的大路时，他看到一块大石头，就立在小路和大路的交界处。石头上坐着一个人。

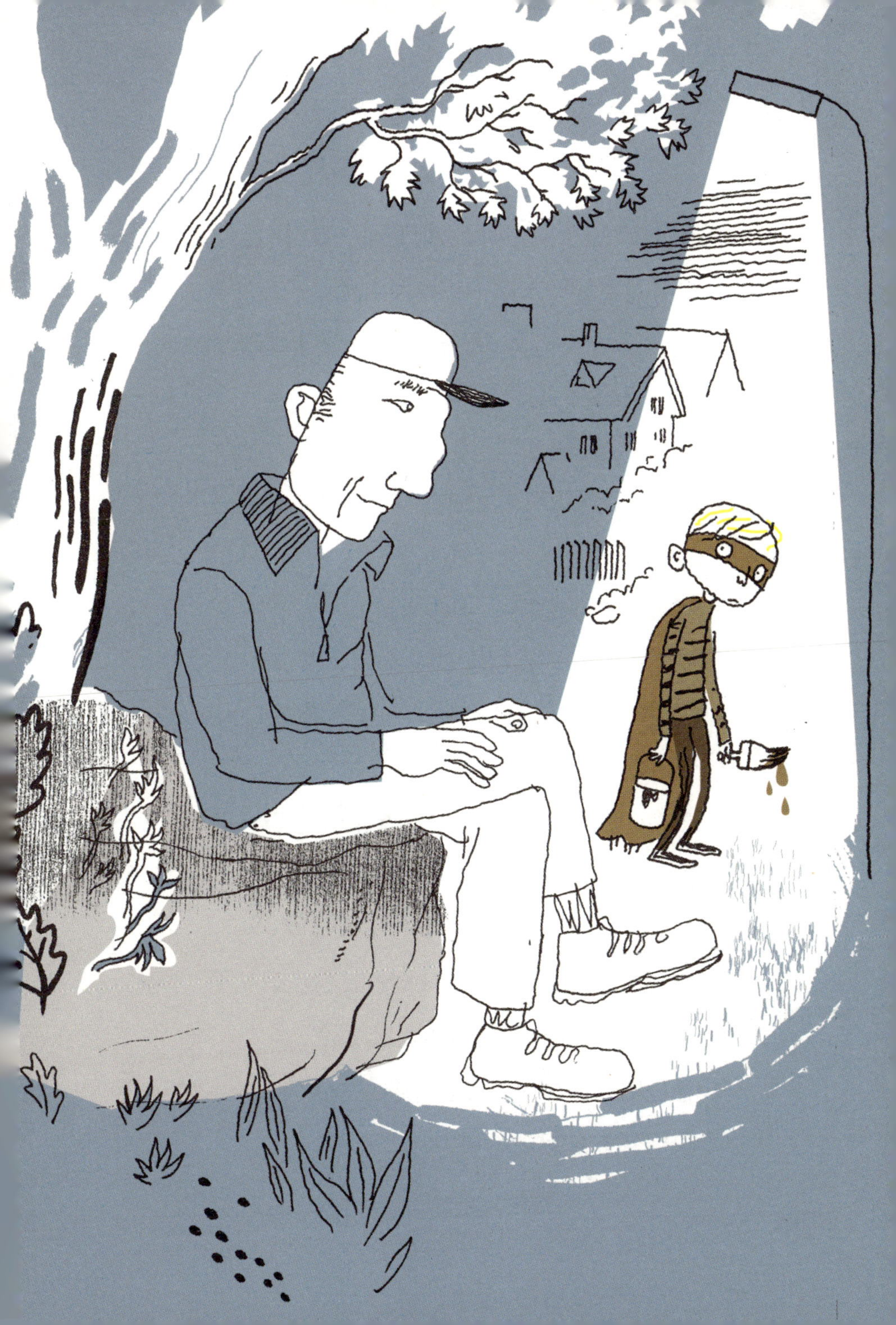

当棕色侠认出那个人的时候,他吓了一跳,但已经来不及躲闪了,因为他跑得太近了。石头上坐着一个老人。

那个老人说:"嗨,小宗。我看见你在外面执行任务。"

棕色侠走近了几步。

"外公?是您吗?"

"当然是我呀。我坐在这里享受美妙的夏夜。"

"但是……您不是死了吗?"

外公说:"是的。"

"那您怎么能坐在这里?"

外公说:"还是关心一下你自己吧,你现在为什么不在床上睡觉?"

"嗯……那个……"棕色侠有点儿结巴了,"那个……现在小宗在床上睡觉呢。我、我是棕色侠。"

外公笑了。他点点头。

然后外公说:"我明白了。那我可以这么说,是'小宗的外公'死了,而我是'棕色侠的外公'。"

棕色侠咯咯地笑了起来。

外公问:"你拿着油漆要做什么?"

"那个……我、我要刷漆。"

"好的,是个好小伙儿。不过,你现在得赶快回家去,

国际大奖小说

免得被人发现你大晚上不在家,在外面乱晃啊。"

"我还能再见到您吗,外公?"

"可以,当然可以。我经常坐在这里。我可以从这里看到你家的屋子,我还可以看见小河。一看到小河,我就会想起我以前在河边钓鱼。记得有一次,我钓上了一条特别大的狗鱼,那条鱼得有我坐的那条小船那么大。我以前跟你讲过这件事吗?"

"没有。"棕色侠小声说,"您从来都没有跟我讲过这件事。"

"对了,还有一件事我有没有告诉过你?有一次,我开着我的老爷车,一路开到了意大利,为了去买夹在面包里的香肠,我给你讲过这件事吧?"

"没有。"棕色侠说,"快给我讲讲!"

外公静静地看着他,看了很久。然后,他笑了起来。

"今天不行了,下次吧。现在,你得赶快走了,马上就要天亮了。"

棕色侠开始朝家的方向走去。

"明天晚上见呀。"棕色侠回头说道。

外公坐在大石头上朝他挥了挥手。

回到自己的房间后,棕色侠脱下外套,又变回了小宗。他从怀中取出外公的怀表。现在,表针已经停了。小宗又试着转动怀表的发条,但是没有用。之后,小宗上床睡觉去了。棕色侠的外套和油漆桶被他藏进了衣柜的最里面。

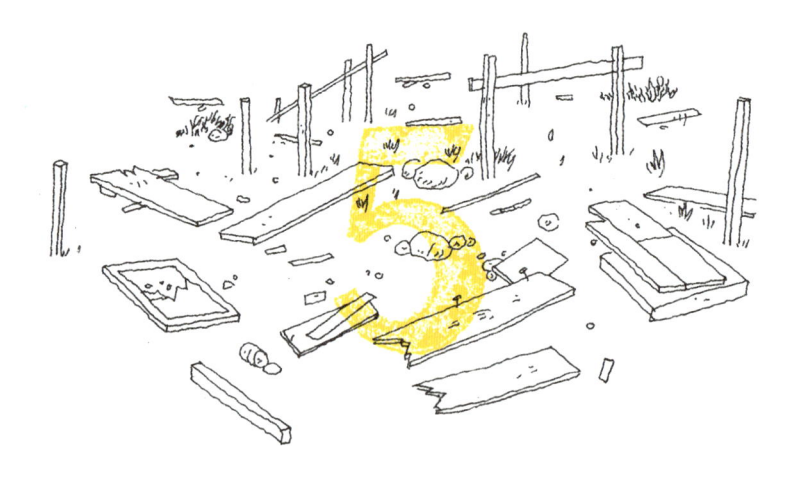

应有的惩罚

阿特勒和小宗看着他们搭建的木屋,地上到处都是散落着的木板和各种零件。阿特勒从这片"废墟"中捡起一个门把手,它本来安在木屋的大门上。

小宗说:"他们是故意来这里捣乱的,我请求他们不要这么做,但是他们根本不听,还把我赶走了。"

"有一次,我被十个男孩追着跑,但是我成功地摆脱了他们,而且打电话叫来了军队,军人们开着战斗机和坦克把那几个男孩全部逮捕了。"

"那十个男孩都是谁?"

"这件事发生在很久以前,那些男孩已经不住在这里了。"

"不过,军队可以逮捕人吗?"

"当然可以啦。"阿特勒说,"你没有听说过宪兵队吗?他们会开坦克,还有枪,警察就没有那么大本事。"

小宗说:"我没有听说过。"

"可以去问你爸爸,这可是千真万确的。我还坐过坦克呢,我家里有一张照片可以证明。"

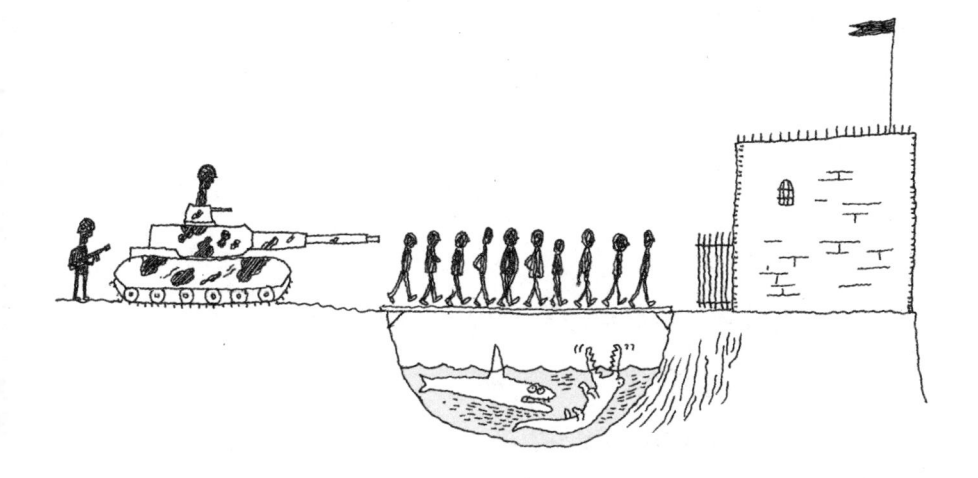

小宗没说话,他捡起几块木板,把它们放到大树旁边。他看着自己的手,上面有一块棕色的油漆印。

小宗说:"他们都得到了应有的惩罚。"

"谁们?"

"那三个毁了我们木屋的、追了我一整天的男孩。他们得到了应有的惩罚。"

"你给军队打电话了?"

"没有。"小宗说,"有一个超级英雄帮助了我。"

"一个超级英雄?"阿特勒边笑边说,"你别犯傻啦!难道 X 光侠来揍了他们一顿?"

小宗说:"不是 X 光侠。"

"那是谁?"

"一个你从来都没有听说过的大英雄。"

"那他叫什么名字?"

阿特勒已经笑得停不下来了。

"他叫'棕色侠'。"

阿特勒笑得直不起腰。

"棕色侠?"他重复了一遍,"那他是干什么的?"

阿特勒用手捂着肚子，好不容易忍住大笑。

"他会把东西刷成棕色。"

阿特勒实在忍不住了，他倒在地上哈哈大笑起来。他笑得浑身颤抖，怎么都停不下来。小宗在他身边坐下。当阿特勒的笑声渐渐变小的时候，小宗也忍不住笑了起来。

等阿特勒平静下来后，小宗说："我其实是在开玩笑。"

阿特勒回家后，小宗穿过小路，也开始往家走。当他走到遇见外公的那块大石头的时候，他停下脚步，在那里

站了一会儿。小宗觉得,这块大石头似乎看起来比平时更加光秃秃的。

快到家门口的时候,小宗看见家门外站着三个男孩,

他们是安东、牧师的儿子和从德拉门来的鲁本。他们每个人都用手扶着自己的自行车。从德拉门来的鲁本站在最前面,用手指着自己被刷上棕色油漆的自行车。小宗的爸

爸站在门口的台阶上。

"你们不要无理取闹。"小宗听到爸爸在和这三个男孩说话,"小宗晚上在家里睡觉,他又是从哪里找来这些棕色油漆的呢?"

牧师的儿子说:"但是,除了他,还有谁有可能用油漆刷我们的自行车呢?"

爸爸看见小宗回来了,赶忙问道:"小宗,你回来了,这几个男孩说你把鲁本的自行车刷成了棕色。你知道这是怎么回事吗?"

小宗说:"这太奇怪了。"他悄悄把沾有棕色油漆印的手插进口袋里。

"我们知道就是你做的。"安东说,"你是为了报复我们,因为我们把你的木屋给拆了!"

这句话引起了爸爸的注意,他问:"你们把小宗的木屋给拆了?"

男孩们都愣住了。他们互相看看对方,一言不发。

爸爸生气地说:"以后不准再欺负小宗!他没有得罪过你们,他也不可能大晚上跑出去,给你们的自行车刷漆。这听上去实在是太可笑了。你们现在过来跟小宗道歉,因为你们把他和阿特勒搭的木屋给拆了。"

三个男孩沉默着,没有回应爸爸的话。不一会儿,他们纷纷调转车头,骑着自行车离开了这里。爸爸拍了拍小宗的头。他们一起进了家门。

"我不喜欢这几个男孩。"妈妈在厨房里对小宗说道。这时,一颗泪珠从她的脸上滑落,"我希望你以后离他们远点儿。"

爸爸问:"小宗,你还好吧?"

"嗯,挺好的。"小宗轻轻地回答道,然后转身回房,关上了身后的门。

孔雀羽毛和长颈鹿耳朵

晚餐后,有人敲门来访。打开门后,小宗看见台阶上站着一个陌生的男人。这个男人穿着一身西服,手里提着一个手提箱,脸上还挂着奇怪的表情。小宗觉得他看上去好像是在笑,又好像是在哭。

爸爸说:"他是殡仪馆的工作人员。"

小宗说:"嗯,知道了。"

爸爸妈妈和这个人在客厅里面说话,小宗站在客厅的门口。这个男人的声音很低,说了很多莫名其妙的话。

他的头顶上几乎秃了,灯光照在上面一闪一闪的。

来人说道:"好,现在我们该讨论墓碑上的东西了。"

他从手提箱里拿出一本杂志,上面有很多墓碑和棺材的图片。

妈妈说:"您知道他以前是个船长吗?"

"当然。"这个男人边点头边说。

"记得我小的时候,他经常外出工作,但是他总会给我带回一些小礼物,比如说首饰,或是一些奇怪的木器。有一次,他给我带回了一根孔雀羽毛。当时,所有人家都没有孔雀羽毛。不过,他带回来最奇怪的东西,要数那个长颈鹿耳朵的标本了。他把这只干燥处理过的耳朵放在办公室的一个纸箱里。每逢过年的时候,他就会把这只耳朵拿出来,让我们对着这只耳朵小声说出自己的新年愿

望。他总说,长颈鹿有一种神奇的力量,只要我们把自己的心愿悄悄地对着它的耳朵说出,就可以实现。"妈妈沉浸在回忆中不能自拔。

那个人则一直频频点头。

小宗问:"那个耳朵现在在哪里?"

"哦,我不知道。"妈妈说,"我们在收拾东西的时候没有看见。"

那个人离开的时候已经很晚了。小宗在卫生间里刷牙。

妈妈问:"小宗,你看到我的一条棕色腰带了吗?"

小宗边刷牙边看着妈妈。他嘴里发出呜呜的声音表示他现在没法回答她。

妈妈说:"我找不到那条棕色的腰带,我记得我把它挂在门上了。"

小宗认真地刷着牙,直到妈妈离开。然后,他回到自己的房间。那条腰带正躺在他衣柜的最里面,腰带上还沾上了一点儿油漆。小宗试着用指甲把油漆抠下来,但是怎么抠都抠不下来。他听到外面的走廊里有人走过,赶快把腰带又放回了衣柜。爸爸走进他的房间跟他说晚安。

爸爸离开后，小宗把外公的怀表拿出来。表针还是静止不动。他把怀表放在耳边仔细听。他觉得他听到了一声非常微弱的"滴答"声。他躺到床上，把怀表放到另一边的耳旁继续听。

木屋守护者

第二天早上,当小宗吃早餐的时候,他听到外面的花园里有自行车刹车的声音。妈妈望向窗外。

"又是那几个男孩。"妈妈说道。

小宗看到牧师的儿子走到他家门前,敲了敲门。爸爸去把门打开。小宗站起来,走到门口,安静地站在爸爸的身后。

安东说:"小宗今天有苦头要吃了。"

牧师的儿子紧接着说:"是的。"

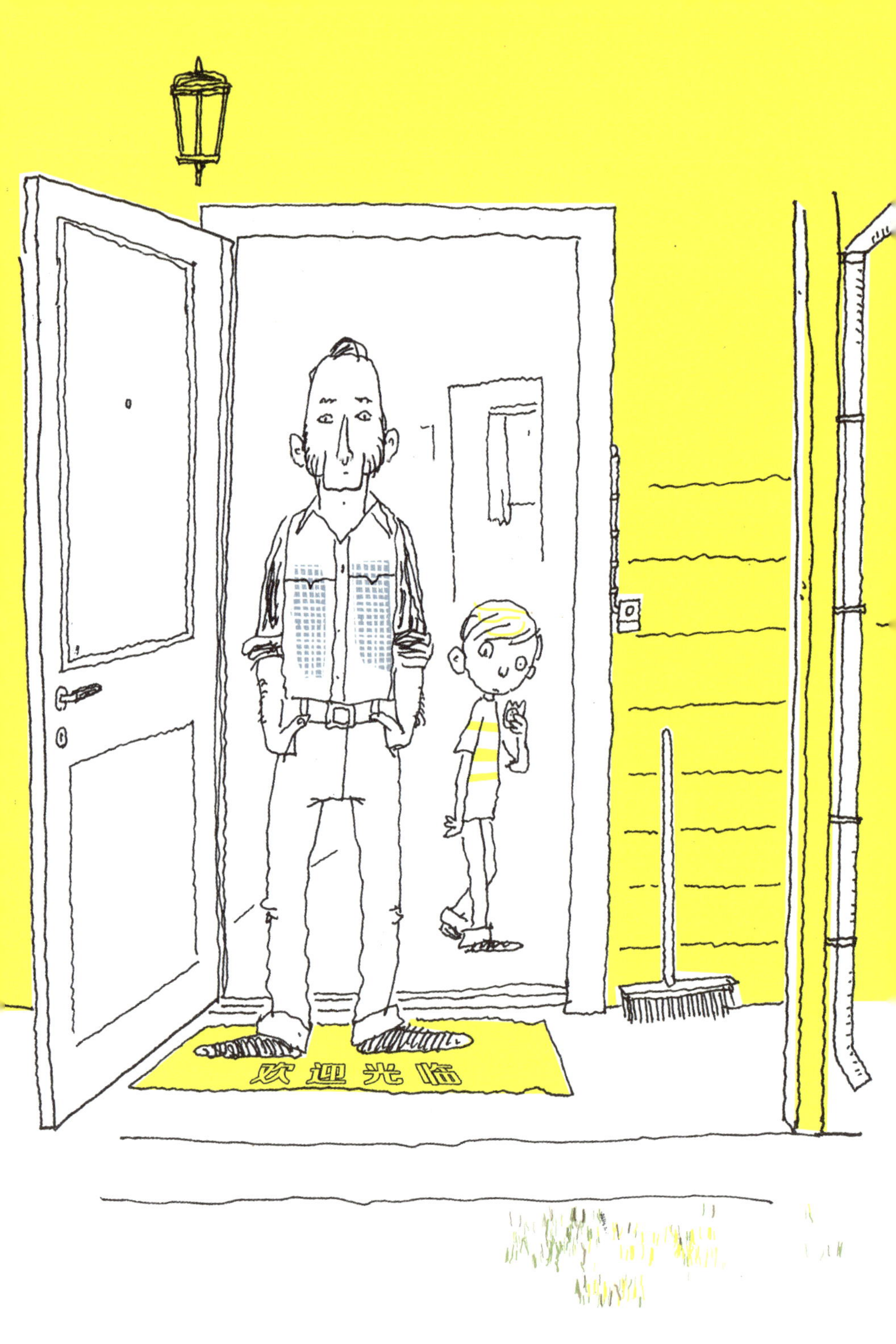
欢迎光临

从德拉门来的鲁本说:"看那儿!"

他用手指着安东的自行车。它被刷成了黑色。

小宗小声嘟囔着:"是黑色的,不是棕色。"

"你说什么?"爸爸低头看着小宗。

小宗说:"有人把那辆自行车刷成了黑色。"

爸爸把目光从小宗身上收回,望向自行车。它立在石子路中间,黑色的油漆在阳光下一闪一闪的。

爸爸说:"那天晚上是不是你们在我家的苹果树上?"

三个男孩没有回答。

爸爸看着安东,继续说:"小宗没有把你的自行车刷成黑色。"

男孩们小声地嘀咕着什么,站了一会儿,然后很快又离开了。

"这真奇怪。"爸爸沉声道,"实在是太奇怪了。"

妈妈还坐在餐桌前,她的眼眶有些湿润。

爸爸说:"这是男孩间的恶作剧,和我们没有关系。"

小宗吃完自己手里的面包片,到门口穿上鞋,跑了出去。

阿特勒站在小山坡上。他手里拿着一把锤子,已经开始重建他们的木屋了。

他说:"我们把木屋重新建起来吧,建一个比之前好一百倍的木屋。我爸爸小时候曾经建造过一个十米高的,比教堂屋顶还要高的木屋。他们站在木屋顶上,可以一眼望到德拉门。"

小宗小声嘟囔了一句:"这是不可能的。"

"是真的。"阿特勒坚定地说道,"你去问我爸爸。"

小宗捡起一块木板,把它递给阿特勒。

小宗说:"你真该去看看安东的自行车,他们今天又跑到我家去了。我看到他的自行车被刷成了黑色。"

阿特勒咯咯地笑了。

他说:"是吗?"

小宗站住,盯着阿特勒。他想了一会儿,然后说:"阿特勒,关于这件事,你知道什么吗?"

"不知道,我什么都不知道。"阿特勒回答道,"我只知道昨天我们碰到他们了。我妈妈开着车,他们骑着自行车

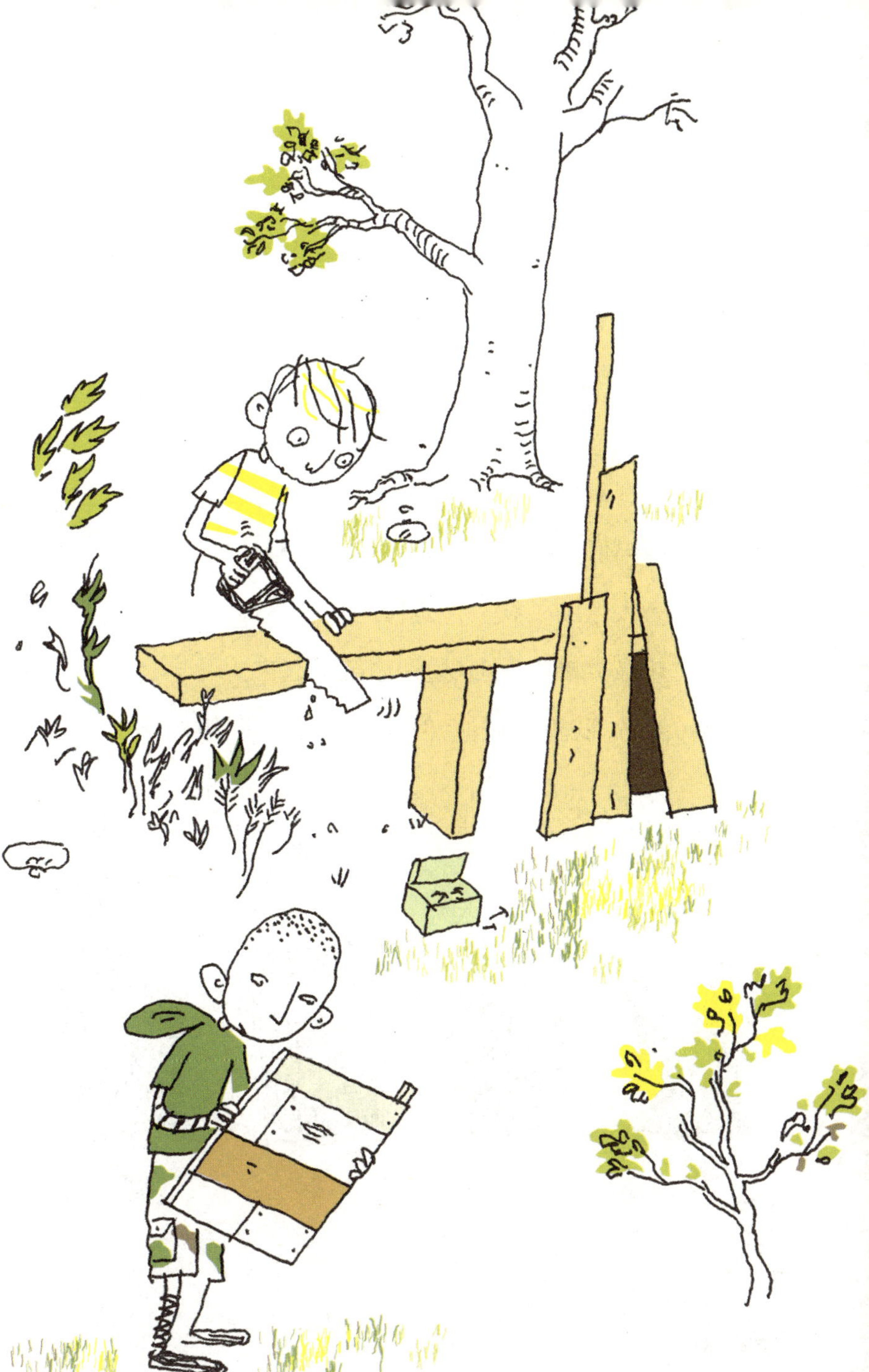

在大路上，就是不愿意给我们让道。妈妈试着请他们让一让，但他们就是不让，还笑话她。傍晚的时候，我们家的信箱突然爆炸了，里面被放进去了一个鞭炮。这实在是太可恶了，我……"

小宗问："你怎么样？"

阿特勒把一枚钉子用力敲进木板里。

"有人帮助了我。他是我的超级英雄。"

"超级英雄？"小宗边说边笑了起来。

"是的，我不认识他，但是他的名字叫'黑色侠'。"

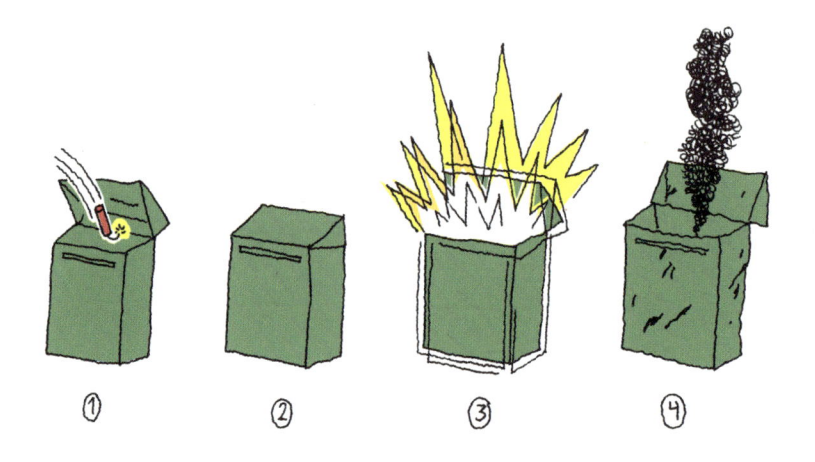

阿特勒说完大笑起来，手里的锤子掉到了地上。小宗也一块儿笑了起来。

小宗说："你之前好像不太相信我说的那个超级英雄。"

"是的，但是那是在我看到那辆棕色的自行车之前。"

小宗想了想，然后说："'棕色侠'和'黑色侠'，木屋的守护者。"

阿特勒和小宗又开心地大笑了一会儿，然后接着重建木屋。没一会儿，他们听到有人骑着自行车过来了。

牧师的儿子大喊:"我知道是你们干的!"他下车后走上小山坡,走到小宗和阿特勒面前,接着说:"我们知道。"

"是的,我们都知道。"安东和从德拉门来的鲁本也紧接着附和道。他们也来到木屋的前面。

"我们都知道,你们的木屋又要被拆了!"

话音刚落,鲁本就开始用脚踢阿特勒刚刚重建好的一部分木屋。

"住手!"阿特勒大喊道,"不是我们干的。"

"别狡辩了。"牧师的儿子说道,然后他也开始动手拆阿特勒刚刚组装好的木板。木板被拆得七零八落,木屋看上去就像是一个千疮百孔的鸟巢。

阿特勒抄起锤子朝牧师儿子的后背猛击,他疼得大叫了一声,摔下了小山坡,在地上打滚儿。

"噢!"阿特勒扔下手中的锤子,吓得后退了几步。

牧师的儿子对着阿特勒大吼:"我要拆了你的木屋!"

鲁本大喊:"给他点儿颜色瞧瞧!"

没等牧师的儿子站起身来,小宗和阿特勒就开始狂奔。他们沿着小路飞跑,小宗可以听到身后男孩们的大喊声。他冲进了奥丝家的灌木丛。

"快跟我到这儿来!"小宗一边大喊一边拽住阿特勒的胳膊。

他们飞快地跑上台阶,敲响了奥丝家的大门,一通狂敲。他们听到三个男孩已经跑到了屋后。就在这时,奥丝的妈妈打开了大门。

"没想到是你呀!快进来。"她高兴地跟小宗打了个招呼,"阿特勒也来了呀,我去叫奥丝下来。"

他们前脚迈进了奥丝家的大门,刚关上门,三个男孩后脚就冲到了房子前面。安东直跑到了台阶上,牧师的儿子和从德拉门来的鲁本则站在台阶下,四下张望。小宗和阿特勒在走廊里后退了几步。他们能听到门外的男孩们踩在石子路上的声音。奥丝从二楼飞快地跑了下来。她

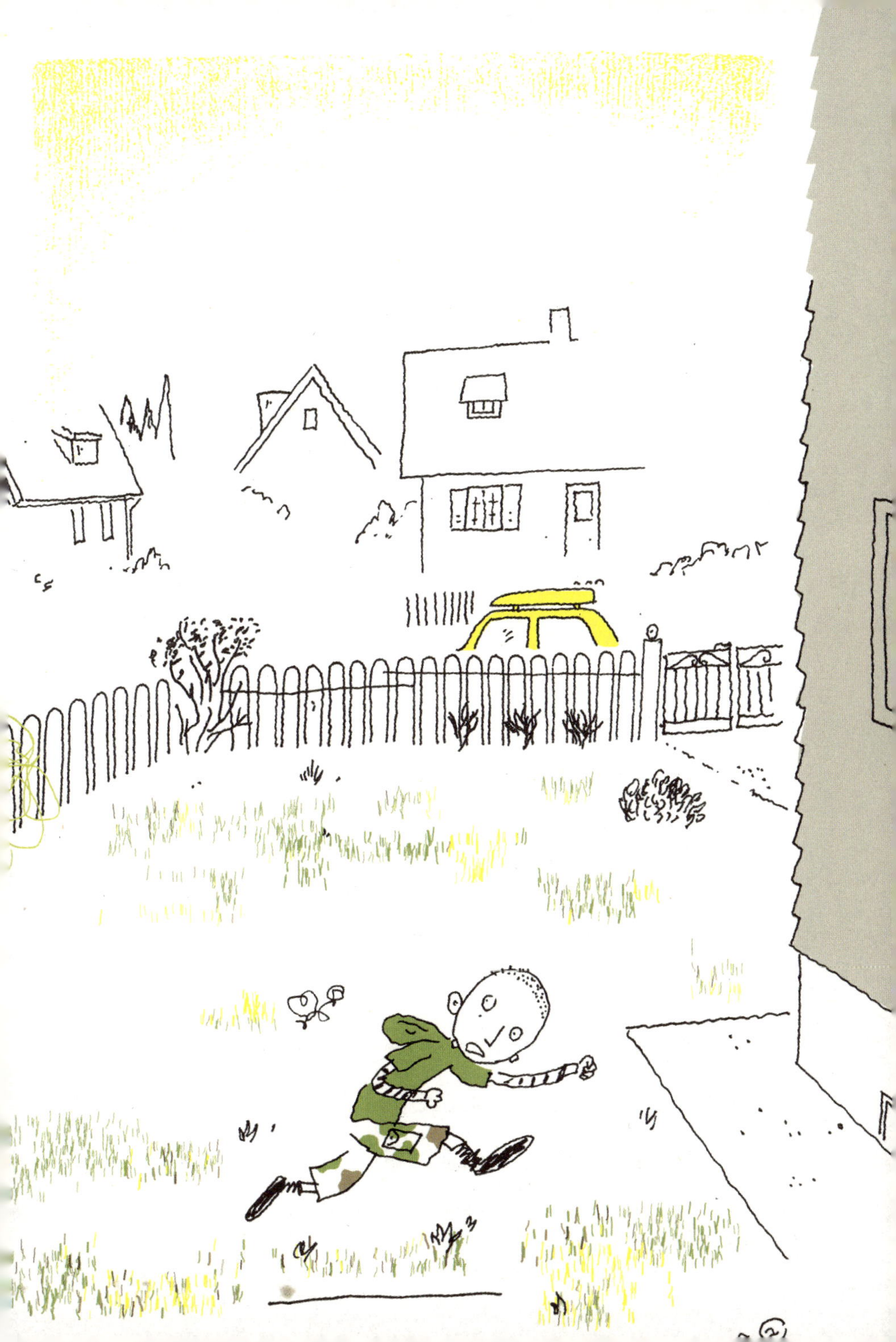

开心地笑着。

她问："你们又在被他们追吗？"

这时，有人敲响了大门。

小宗赶快说："别告诉他们我们在这里。"

奥丝打开大门，小宗和阿特勒躲到了走廊后面。

他们听到牧师的儿子说："我们能不能和阿特勒说几句话？"

"还有小宗。"鲁本接了一句。

奥丝说："他们不在这里。"

安东说："我们知道他们在这里。"

奥丝说:"我没见到他们。"

牧师的儿子说:"我看到他们的鞋在这里。"

奥丝说:"这是我爸爸的。"

安东说:"你把他们藏起来了,我们就想和他们说几句话。"

从德拉门来的鲁本说:"是的,我们就是说几句话而已。"

"他们不在这里。"奥丝说完迅速关上了门。她把门反锁了。阿特勒和小宗脱下鞋,三个人一块儿进了厨房。窗外,男孩们还没有走,在奥丝家外晃悠。鲁本捡起一块小石头,扔向奥丝家的窗台。

"妈妈!"奥丝大喊起来,"有几个男孩用石头扔咱们家的窗台。"

奥丝的妈妈走到门外的台阶上。他们透过玻璃窗看到男孩们迅速溜走了。

奥丝说:"咱们去我的房间吧。"

阿特勒和小宗一块儿进了奥丝的房间。今天,屋子里的发胶味儿不太浓。小宗觉得空气里仿佛有一种花香。

阿特勒问:"你喜欢马吗?"

小宗说:"她不喜欢。"

阿特勒表情奇怪地看着小宗。

奥丝问:"这几个男孩为什么老是追着你们跑?"

小宗说:"我不知道。"

阿特勒也摇摇头。

阿特勒说:"他们总是喜欢欺负人和恶作剧,上次,牧师的儿子把学校后面的一棵树给点着了。"

小宗说:"他们说我们把他们的自行车给刷上油漆了。一辆刷成了棕色,一辆刷成了黑色。"

奥丝吃了一惊,她问:"他们的自行车被刷上油漆了?你们为什么要这么做呢?"

阿特勒说:"我也不知道。"

小宗摇了摇头,"我也不知道。"

奥丝说:"这件事可真奇怪。"

小宗说:"我觉得这件事是超级英雄做的。"

阿特勒严肃地看了他一眼。

奥丝又是一惊:"超级英雄?"

"是的,反正我是这么觉得。油漆英雄。"

"哦?"奥丝慢慢说道,"你们知道是什么超级英雄吗?"

阿特勒使劲摇摇头。

小宗说:"我只是偶然听说过他们的名字,关于其他的事,我就不知道了。"

阿特勒耸了耸肩。

奥丝问:"他们叫什么名字?"

"那个……"小宗开始说。

阿特勒插嘴道：“不，我不觉得奥丝会想听你的这些疯狂的想象。”

"谁说的？我想听。"

"那个使用棕色油漆的，我听说他叫棕色侠。"

"棕色侠？"奥丝笑了起来，"这真是个奇怪的名字。"

"还有那个使用黑色油漆的……"小宗接着说。

"别说了。"阿特勒打断了他。

"不，接着说。"奥丝说道，"我不会告诉别人的。"

阿特勒没有说话。小宗看着他。

"那个使用黑色油漆的，"阿特勒说道，"他好像叫黑色侠。"

奥丝扑哧一声笑了出来，小宗觉得那听上去就像是气球漏气的声音。

"还有别的英雄人物吗？"奥丝边笑边问道，情绪慢慢平静下来。

小宗说："应该没有了。"

"是不是有其他英雄存在的可能呢？"

小宗说："可能吧，如果那些男孩继续找我们麻烦的话。"

阿特勒点点头，表示同意，"他们自称为'木屋守护者'。他们可能每天晚上在木屋前面见面。如果你还知道什么别的超级英雄，你得把这个消息告诉他们。"

奥丝认真地点了点头。

任务失败

晚上,小宗家的电话铃响了。小宗听到爸爸接电话的时候态度不是很客气。在接电话的过程中,爸爸还看了一眼小宗,这让小宗觉得背后一阵发凉。他从沙发上站起来,走到自己的房间里。他拿出外公留给他的怀表,紧紧地握在手中。表针还是没有走。

几分钟后,爸爸来敲门了。他的脑袋从门后伸进来。

"小宗,我能和你聊聊吗?"

小宗点点头。

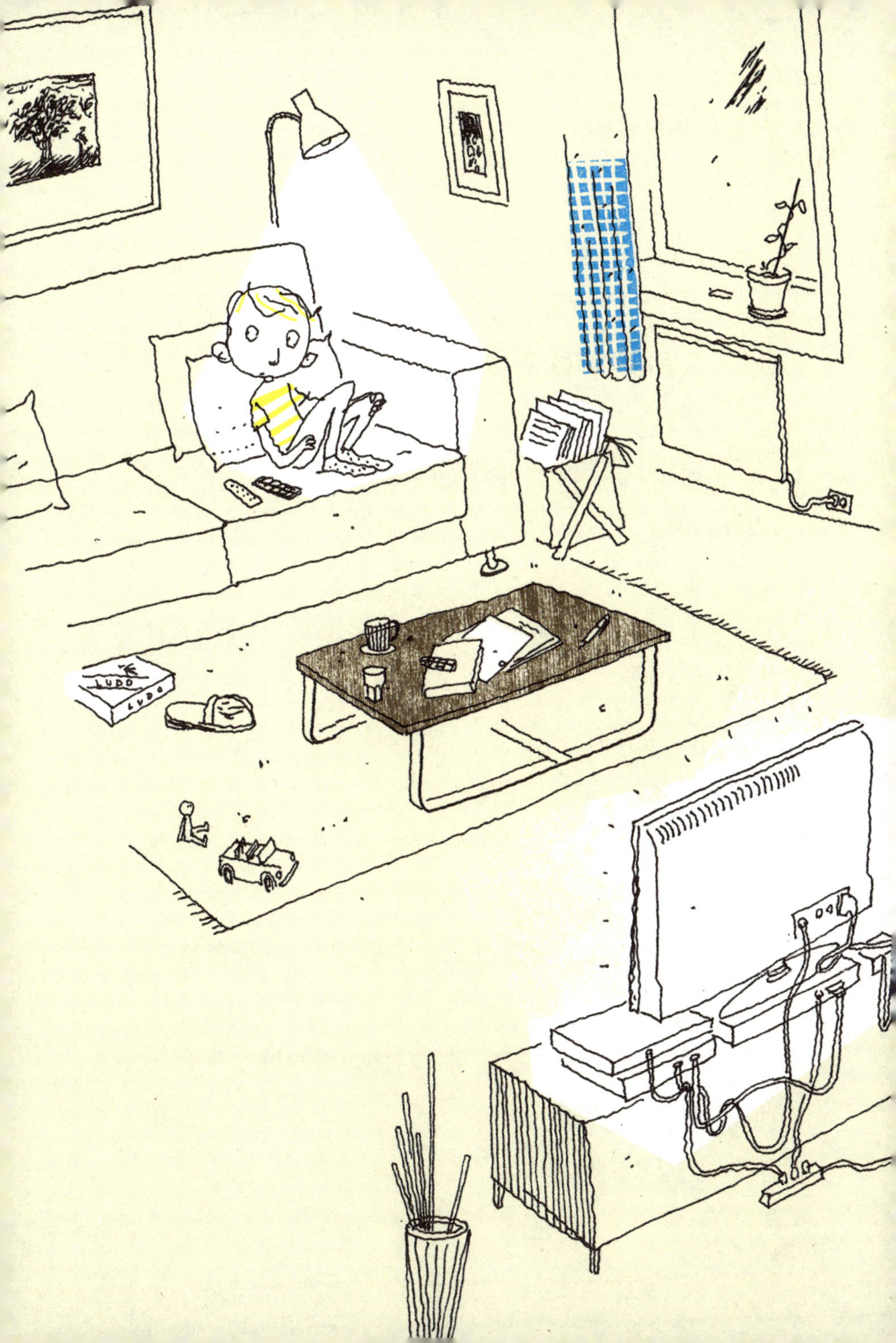
LUDO
LUDO

"你最近过得怎么样?"

"挺好的。"

"我刚刚和牧师通了电话。"

"嗯。"

"那几个男孩是不是找你们麻烦了?奥丝的妈妈已经告诉牧师了。"

"嗯。"

"但是我同意牧师关于油漆的看法,这实在是很奇怪。你不觉得吗?"

小宗耸耸肩。

"小宗,你知道些什么吗?"

小宗手里紧紧地握着外公的怀表,他的手心在发热。

"不太清楚,但真是挺奇怪的。"

"对,很奇怪。牧师说安东和鲁本的父母都在考虑打电话报警。"

小宗忽然感觉自己的身体仿佛一瞬间被冻僵了。他的双手忍不住发抖。

他问:"军队?"

爸爸笑了。

"不是,军队里可没有警察呀。"爸爸边说边摸了摸他的头发。

小宗惊奇地看着爸爸,"您没有听说过宪兵队吗?"

"这我当然听说过,"爸爸边说边站直了身子,"但是,他们说的是普通的警察。不过牧师说这还不一定呢,只是有可能。"

国际大奖小说

"嗯。"

小宗感觉自己特别累,但他现在还不能睡。他躺在床上,手里握着外公的怀表。表针还是没有走动。小宗站起来,走到窗边,看着外面空无一人的大路。现在外面一片寂静,黑乎乎的。他又坐回床上,感觉两个眼皮直打架。突然,小宗一下子清醒过来,他觉得他听到外面的石子路上有自行车骑过的声音,他又好像听到远处传来了警车的鸣笛声。他把手放在耳朵旁边,屏住呼吸,想听得更清楚一些，但是那些声音忽然都消失了。

这时，他看看手中的怀表，发现秒针开始动了，分针也在慢慢地转动。小宗抬头看了看床头的收音机闹钟，上面显示现在刚好是午夜十二点。

小宗站起来，超级英雄登场的时间到了。他把棕色侠

的外套从衣柜里拿出来,戴上面具,系上腰带,打好披风上的结。现在,他变身为棕色侠了。然后,他离开家,手里还提着一桶油漆。棕色侠消失在夜色中。他沿着大路飞奔,跑过那块大石头,来到小路,穿过花园。经过小山坡的时候,他差点儿被一个木桩绊倒。很快,他就来到了木屋前。他仔细地察看了一下周围的环境。这里很暗,一点儿光亮都没有。突然,他听到身后有什么声音。他猛地转过身去,看到一个身影迅速地消失在了灌木丛中。

"谁在那儿?"棕色侠大喊道。

没有人回答。棕色侠靠近了一些,有什么东西在灌木丛后面动着。

他又问了一遍:"谁在那儿?"

一个身影慢慢地走了出来。他的脸上戴着一个黑色的面具,身上还有一件黑色的披风。

那个身影说:"我是黑色侠。"

棕色侠说:"我是棕色侠。"

黑色侠说:"木屋的守护者,我们今夜要在哪里行动?"

棕色侠沉声说:"牧师儿子的自行车还没有被刷上油漆。"

突然,他们身后的森林里响起了嘎吱嘎吱的声音。两个英雄一下子躲进了灌木丛里。不一会儿,他们看到一个人从树林里走出来,身上也穿着一件飘动着的披风。

一个很细的声音小声说:"我也要加入这个行动。"

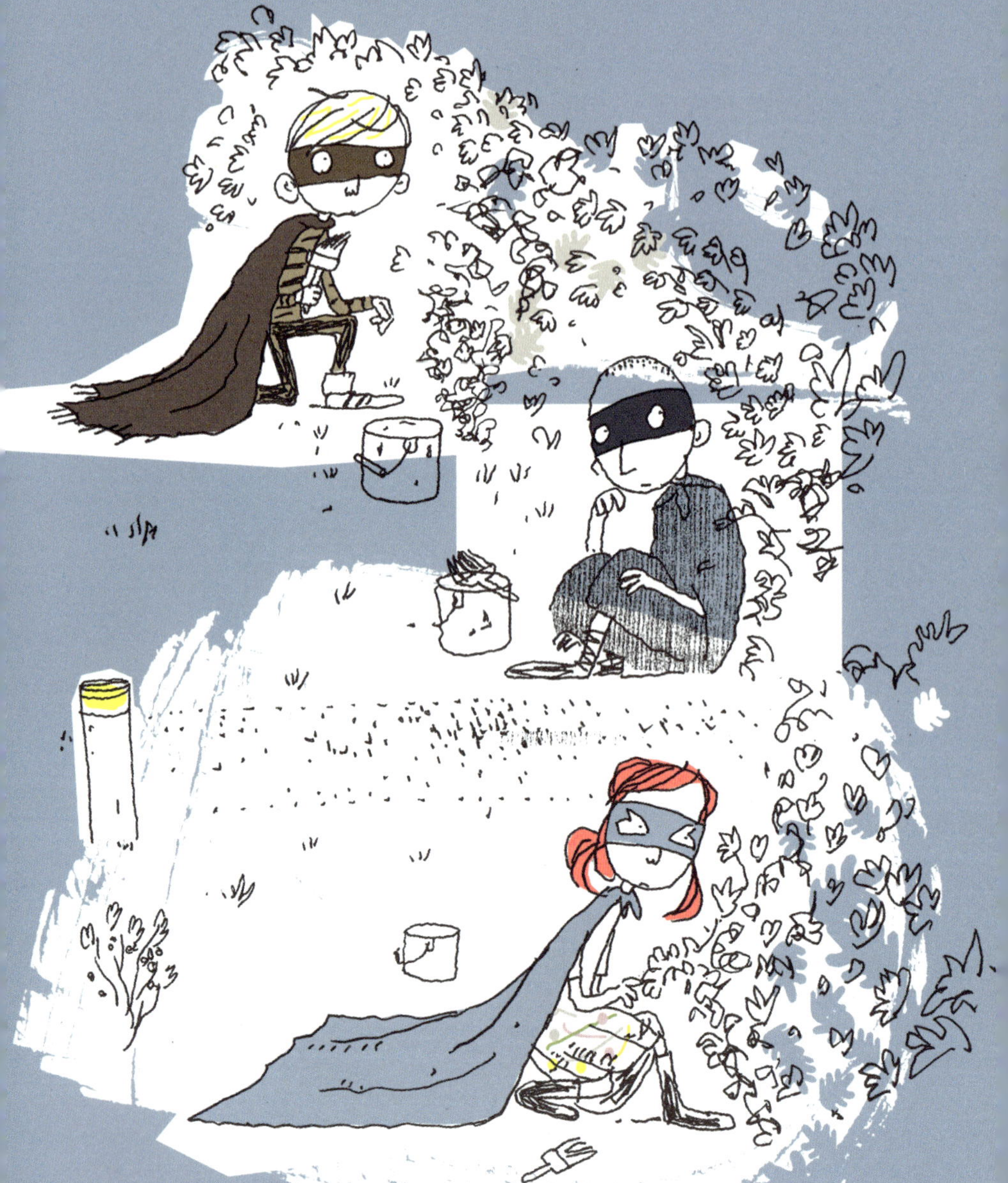

棕色侠小声问:"你是谁?"

"我是青蜂侠。蓝色的复仇者。"

棕色侠说:"青蜂侠,很高兴认识你。"

黑色侠说:"我也是!我们一块儿去把牧师儿子的自行车刷成蓝色吧!"

青蜂侠说:"我跟你们一块儿去。不过,我没有蓝油漆,我只有一把刷子。"

棕色侠说:"那我们只能把它刷成棕色和黑色的了。"

没过多久,三个英雄就跑到了教堂旁边的一栋房子旁边。他们躲在车库拐角处,看到屋子里的灯还亮着。牧师儿子的自行车就停在房子的台阶下面。棕色侠和黑色侠打开他们的油漆桶盖,青蜂侠手里紧握她的刷子,三个人蹑手蹑脚地走上石子路,慢慢靠近台阶。突然,门外的灯亮了。棕色侠、黑色侠和青蜂侠都愣住了,一动不动。他们听到屋子里有人正在往外走,像是要开门出来。他们赶快齐刷刷地躲进了一旁茂密的灌木丛里。门开了,牧师走出来,站在台阶上。他向外张望,目光正好落在三位超级英雄躲藏的那片灌木丛上。但是,他好像并没有发现他

国际大奖小说

们。不一会儿,他重新进了屋,关上了门口的灯。

黑色侠说:"我们再试一次吧。"

他们轻轻地沿着灌木丛边缘来到了屋子前门。

青蜂侠小声地建议:"我们得把自行车搬出来。"

他们刚猫着腰走到屋子的拐角处,大门突然又开了。

牧师再一次走出屋子,打开了门口的灯。这次,他手里还拿着一个手电筒,并用手电照射着三个英雄刚才躲藏过的灌木丛。他走下台阶,在周围转了转。棕色侠、黑色侠和青蜂侠都屏住呼吸,紧紧地贴着墙站着。他们能看到手电筒的光在外面黑乎乎的草坪上照来照去。很快,手电筒的光朝他们所处位置的方向照射过来,越来越近。就在他们以为要被发现的时候,手电筒的光又变了一个方向,照向别的地方去了。这时,黑色侠探出头朝外面看了看。

他小声说:"他把自行车搬进车库了。"

"可恶。"青蜂侠有点儿生气地说道。

"他把车库的门锁上了。"

"太可恶了。"青蜂侠更生气了。

就在手电筒的光突然又照过来,马上要照到黑色侠的面具的时候,他猛地把头缩了回来。

他小声说:"我们得撤退了!快!"

三个超级英雄回到木屋所在的小山坡上,大口地喘着气,然后在黑夜中兴奋地小声讨论起来。

青蜂侠低声说:"今天真是太遗憾了,我们以后该怎么把这辆自行车刷上油漆呢?"

黑色侠说:"都怪那个讨厌的牧师。"

青蜂侠笑着说:"要不然我们把他的脸刷上油漆?"

黑色侠说:"或者我们把他的汽车刷上油漆?他的车

库里有两辆老爷车。他和他儿子都是令人讨厌的坏家伙。"

棕色侠说:"我外公的车库里也有一辆老爷车。"

青蜂侠说:"说不定你可以继承这辆车。"

棕色侠赶忙说:"那个,我说的是小宗的外公,小宗……是我的一个朋友。"

"要是小宗能继承那辆车的话,肯定会让牧师的儿子羡慕得不得了,估计他的脸都该变绿了!"

说完,黑色侠和青蜂侠都开心地大笑起来。棕色侠站在那里,若有所思。

突然,他抬起头说:"教堂的塔顶!我们可以把教堂的塔顶刷成棕色和黑色的!"

黑色侠和青蜂侠看着他,都愣住了。

黑色侠说:"这是不可能的。教堂的塔顶太高了。"

青蜂侠说:"虽然他们已经把屋顶修好了,但脚手架还在。"

"正是如此。"棕色侠点点头说道。

黑色侠说:"我把这个给忘了。"

青蜂侠说:"但是还有一个问题,我们没有足够的油漆,我们得再找一桶蓝色的油漆来。"

棕色侠马上说:"蓝色的油漆!我知道有个地方有很多蓝色的油漆!外公的车库里面放着一大堆蓝色的油漆,就在他的那辆老爷车后面。大人们本来打算用这些油漆

在夏天的时候粉刷整座房子的。"

"太棒啦!"青蜂侠高兴地叫道。

棕色侠说:"那个,我说的是小宗的外公,他的……"

青蜂侠没有关注这一点,接着说:"不过,我们可以用那些油漆吗?"

棕色侠说:"这个我也不确定,可能会被人发现吧。"

黑色侠说:"我们就拿一桶,不会有人发现的!"

"好的。"青蜂侠兴奋起来了,"现在,我们可以去刷教堂的塔顶了!"

棕色侠问:"你们确定这是个好主意吗?"

黑色侠和青蜂侠都看着他。

他们异口同声地说:"这当然是个好主意!这是你的点子呀!"

棕色侠、黑色侠和青蜂侠把木屋收拾了一下，然后就各自离去了。棕色侠沿着小路往家走。当他快走到必经的那块大石头附近时，他发现，那个熟悉的老人又出现了。

外公说："你又出来执行任务了？"

棕色侠说："这次的任务不太顺利。"

外公问："你碰到困难了？"

棕色侠说："我觉得是。"

外公说："小伙子，有什么可以帮助你的吗？"

棕色侠想了想，问："我可以借用一下您车库里的油漆吗？"

外公问："你说的是那几桶蓝色的油漆吗？"他笑了笑，接着说，"可以，你拿去用吧。"

棕色侠说："谢谢您。"

"但是一定要小心，别被人发现！车库旁的柴火堆后面有一把车库的钥匙，其他人都不知道。"

棕色侠点点头。

他接着说："您的墓碑已经选好了。"

"这么快？"外公有点儿吃惊,"我还从来没有被埋在地下过呢!"

"有一个人来我们家,带了本杂志,就是从那本杂志上选的。"

"一本杂志？"外公用鼻子哼了一声,"你看到小河边的那块大石头了吗？"外公边说边用手指了指,"那才是我的墓碑。依我看,其他的石头都太小了。"

棕色侠听到这话,笑了起来。

外公问:"你还记得我以前有多强壮吗？"

棕色侠用力地点点头。

"我有一次一个人举起了一个大木桩,我跟你讲过这件事吗？因为我家小狗的爪子被压在了那块木头下面,我得把它救出来。"

国际大奖小说

他边说边举起自己的胳膊,展示着自己的肌肉。

"唉,一想到要把这么一个强壮的大块头埋到地下去,真是件让人伤感的事情啊。"外公说。

"外公,人死了之后是什么感觉?"

"我觉得,好像所有事情都变得有可能了。"

"这是什么意思?"

外公从口袋里拿出了一个东西,然后接着说:"你看,当我还活着的时候,生活里有很多奇奇怪怪的事情,现在,我觉得特别轻松。每天早上,我可以在这里四处转转,享受温暖的阳光,看看清澈的小河;还有,随着时间的变化,我能看到周围的树叶慢慢变成金色,偶尔还会下点儿小雨。"

外公手里拿着一个纸包。他把纸包拆开,里面是那只长颈鹿的耳朵标本。这只耳朵是金棕色的,但是它上面的皮毛已经有些磨损了。

外公问:"你知道长颈鹿有一种神秘的力量吗? 如果你遇到了问题或者困难,你能借助这种力量解决它们。你只要把你的愿望小声地对着这只耳朵说出来,你的问题很快就会被解决了。一个有长颈鹿耳朵的人会一辈子走好运的。"

棕色侠伸出手指抚摸了一下长颈鹿的耳朵。上面的

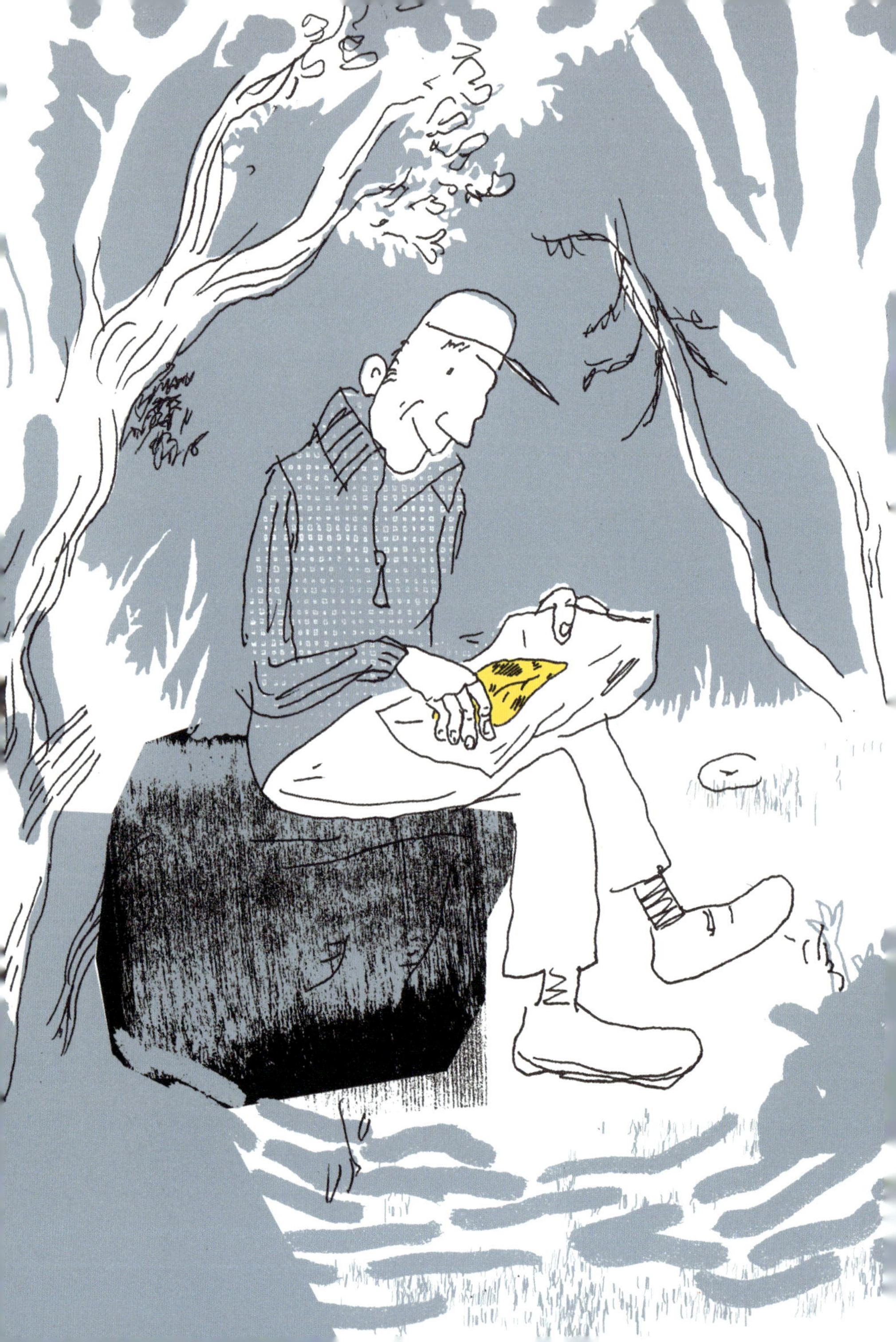

毛皮摸上去有点儿硬,闻起来也很奇怪,像是变质的调味料,又像是废弃的阁楼里面的气味。

"好了,你现在应该赶快回家,免得被人发现你又偷偷跑出来了。"

棕色侠赶紧和外公道了别,飞奔回家。

葬　礼

外公下葬的那天，天上下起了大雨。小宗站在屋檐下，看着雨滴从天空中落下，打在柏油马路上。当它们落地的那一瞬间，仿佛是一次小型的爆炸。小宗今天穿了一身黑色的西服，外公的怀表装在他的口袋里。小宗拿出怀表，盯着它看。爸爸撑开伞，走下台阶。他什么都没有说，只是冲着小宗点了点头，然后他们便一块儿坐上了车。没过多久，妈妈撑着一把很大的黑伞走下台阶，然后也坐上了车。她的脸色很不好，整个人看上去苍白又无助。

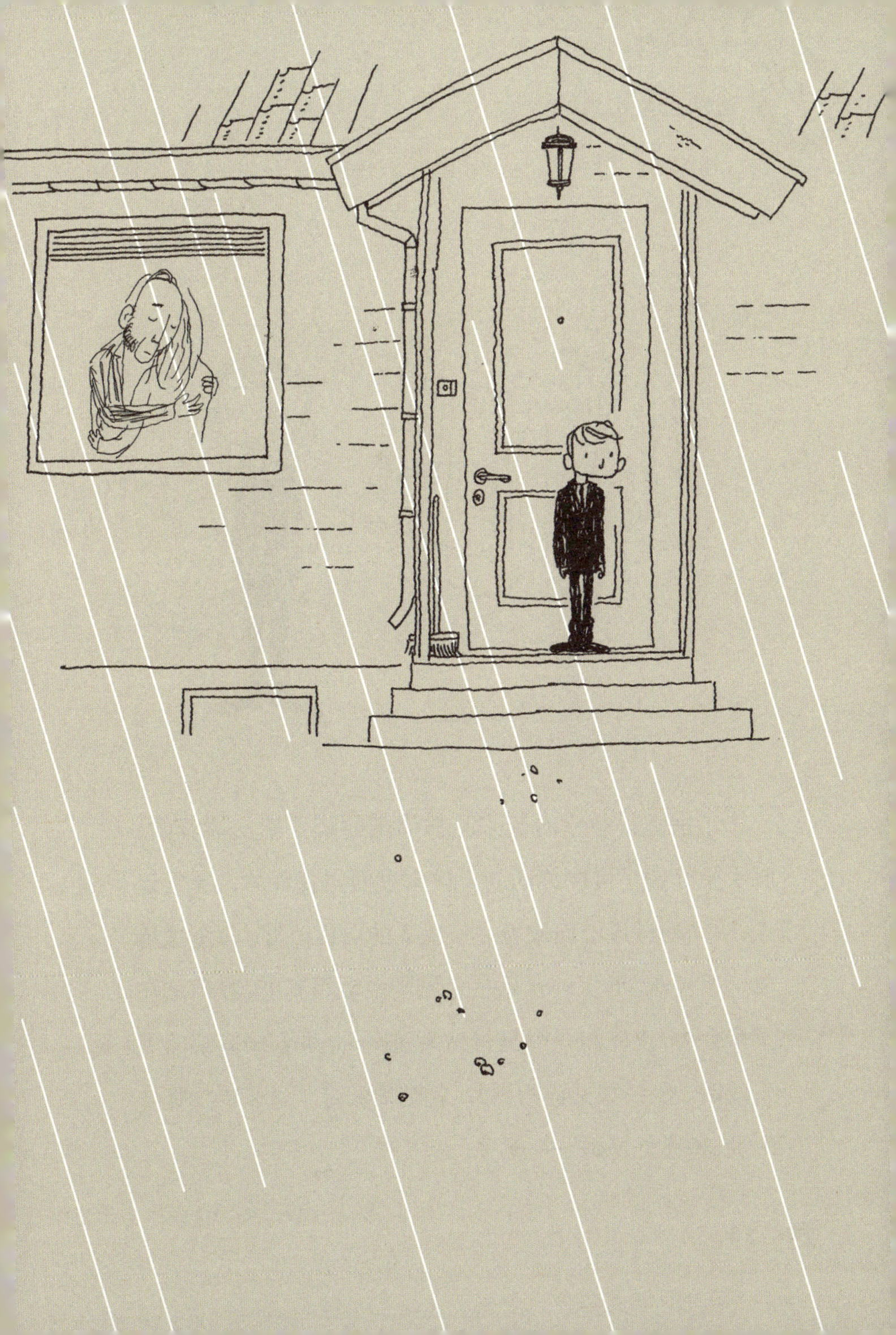

国际大奖小说

　　小宗觉得教堂看起来是靠周围的脚手架支撑着的，脚手架好像是可以移动的。教堂里面阴森森的，寒气逼人，中间的过道上面放着一口巨大的白色棺材。教堂里还放了很多花。低沉的音乐从管风琴中缓缓流出。牧师站在圣坛旁边，正在和一个身材高大、脖子上系着蝴蝶结的男人说话。他一看见爸爸妈妈，就朝他们走了过来。牧师伸出手，和爸爸妈妈一一握手。

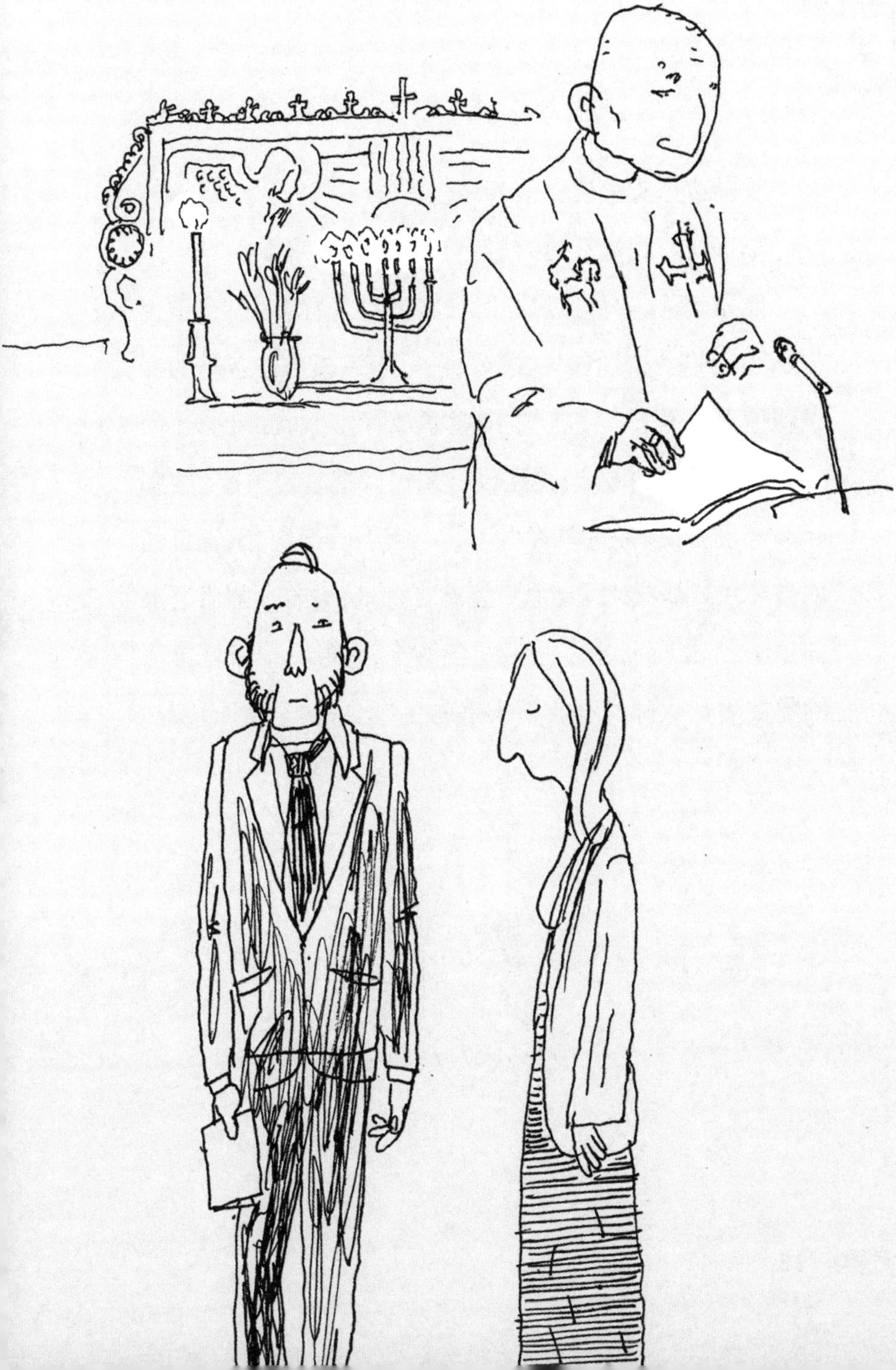

牧师边点头边说:"请节哀。"

小宗注意到他右边的眉毛上长了一个痦子。

他和爸爸妈妈打过招呼后,转过身来看着小宗。他握住了小宗的手,对他说:"请节哀。"小宗模仿着爸爸的样子朝他点了点头。突然,牧师紧紧地盯住小宗的手。小宗的手上有一块油漆印,他还没有来得及把它清理掉。牧师什么都没有说,一直看着小宗。小宗满脸通红,感觉自己的身体快要烧起来了。他只能站在那里,看着牧师眉毛上的痦子,那上面长出了一根黑色的毛,它像一根猪尾巴似的卷曲着。牧师没有放下小宗的手,也一动不动地站着。

小宗试着把手从他的手掌里抽出来,但牧师就是不放手。小宗的爸爸咳嗽了一声,然后牧师好像突然醒了过来,他点了点头,松开了小宗的手,往后退了一步。爸爸看着牧师。

"这可真奇怪。"爸爸小声说道。

"现在不是说这个的时候。"妈妈小声地说了一句。

小宗看着牧师又转身去和那个打着蝴蝶结的人说话去了。他们两个背过身,不知在说些什么。那个男人不停地点着头。小宗觉得浑身冰凉,忍不住打了个寒战。

妈妈用手摸了摸小宗的后背,说:"嗯,这里有点儿冷。"

小宗的手里紧紧地握着外公的怀表。当大家来到墓地的时候,雨下得更大了。妈妈用手捂着脸,她全身都在颤抖。爸爸看上去憔悴极了。小宗紧紧地挨着爸爸,站在他的雨伞下。牧师用一把小铲子铲起一些土,倒在外公白色的棺材上。下葬仪式结束后,所有人都走过来和爸爸妈妈一一问候。他们也向小宗伸出手,要和他握手。小宗把手藏进口袋里,躲到了爸爸的身后。最后,牧师向他们走过来,要和他们握手。在牧师走过来之前,小宗跑到兰薇婶婶那里去了,婶婶用双臂抱住小宗,然后他们慢慢地走向汽车。

小宗问:"用什么能把油漆洗掉?"

兰薇婶婶说:"你为什么突然想要知道这件事?"

小宗说:"我就是忽然想到的,爸爸和妈妈现在都很难过,所以我没法问他们。阿特勒和我打算要粉刷我们的木屋,但是我们不想把自己身上弄脏。"

婶婶说:"用酒精可以洗掉油漆,但是你一定要得到爸爸的同意才可以用。"

小宗说:"嗯,我知道了。"

他们站在车前,没过多久,爸爸妈妈也过来了。

爸爸问:"小宗,你还好吗?"

小宗说:"还好。"

他们都坐上车,妈妈用手绢擤着鼻涕。

她说:"我真不明白,牧师怎么会突然开始讨论孩子们的自行车。他是不是有毛病?"

说完,妈妈又开始呜咽起来。

爸爸说:"他就是那种人。"然后,在他发动车子离开之前,他又瞟了一眼小宗。

车库里有一瓶酒精。小宗打开它的盖子,闻到了那股熟悉的刺鼻味儿。他把酒精倒在一块布上,使劲地擦手上

的油漆印。油漆印很快就被擦掉了。小宗长长地松了一口气,把瓶子放回原处,然后回到屋子里。兰薇婶婶和妈妈坐在客厅里。他们面前的桌子上放着一大盘面包圈。小宗到卫生间里把酒精的味道洗掉后,回到客厅里拿了一块面包。

兰薇婶婶走后,妈妈到厨房里把剩下的面包圈放进塑料袋。小宗坐在客厅里。爸爸转过身对小宗说:"关于自行车被刷上油漆的事情,牧师之前让我问过你。"

小宗说:"是的,你问过了。"

爸爸说:"但是他让我再问你一次,我跟他说你什么都不知道。对吧?"

小宗突然觉得有点儿冷。他点了点头。

"但是,他说你的手上有棕色油漆印。"

"我的手上?"小宗说道,"棕色的油漆印?"

"我跟他说这是不可能的。但是我能看看你的手吗,为了确认一下,好吗?"

"为了确认一下?"

"是的,这样我就不用再和牧师多费口舌了。你明白吗?"

小宗伸出自己的双手,生气地说:"看吧,你满意了吧?"

爸爸没说话。小宗站起来跑回自己的房间,用力地摔上房门,一头栽到床上。他的心脏狂跳不止。小宗从西服的口袋里拿出外公的怀表,紧紧地握着它。表针一动不

动。他把头埋进枕头。这时,爸爸在门外敲门。

小宗说:"我要休息了。"

小宗脱下西服,缩进被子里。他把怀表放在枕头旁边。

教堂行动

当他睡醒的时候,天已经黑了,怀表的指针在慢慢地走。表针一下一下地跳动着,缓缓地在表盘上移动。小宗起身,来到窗前。窗外一片寂静。他轻轻地走到衣柜那里,穿上他的"装备"。然后,他悄悄地打开大门,溜了出去。家里很安静,没有人发现他的离开。

小路旁的大石头上空荡荡的。因为下过雨的关系,石头上面还是湿乎乎的。棕色侠来到了外公原来住的房子前。在那里,他看到黑色侠和青蜂侠已经坐在了台阶上,

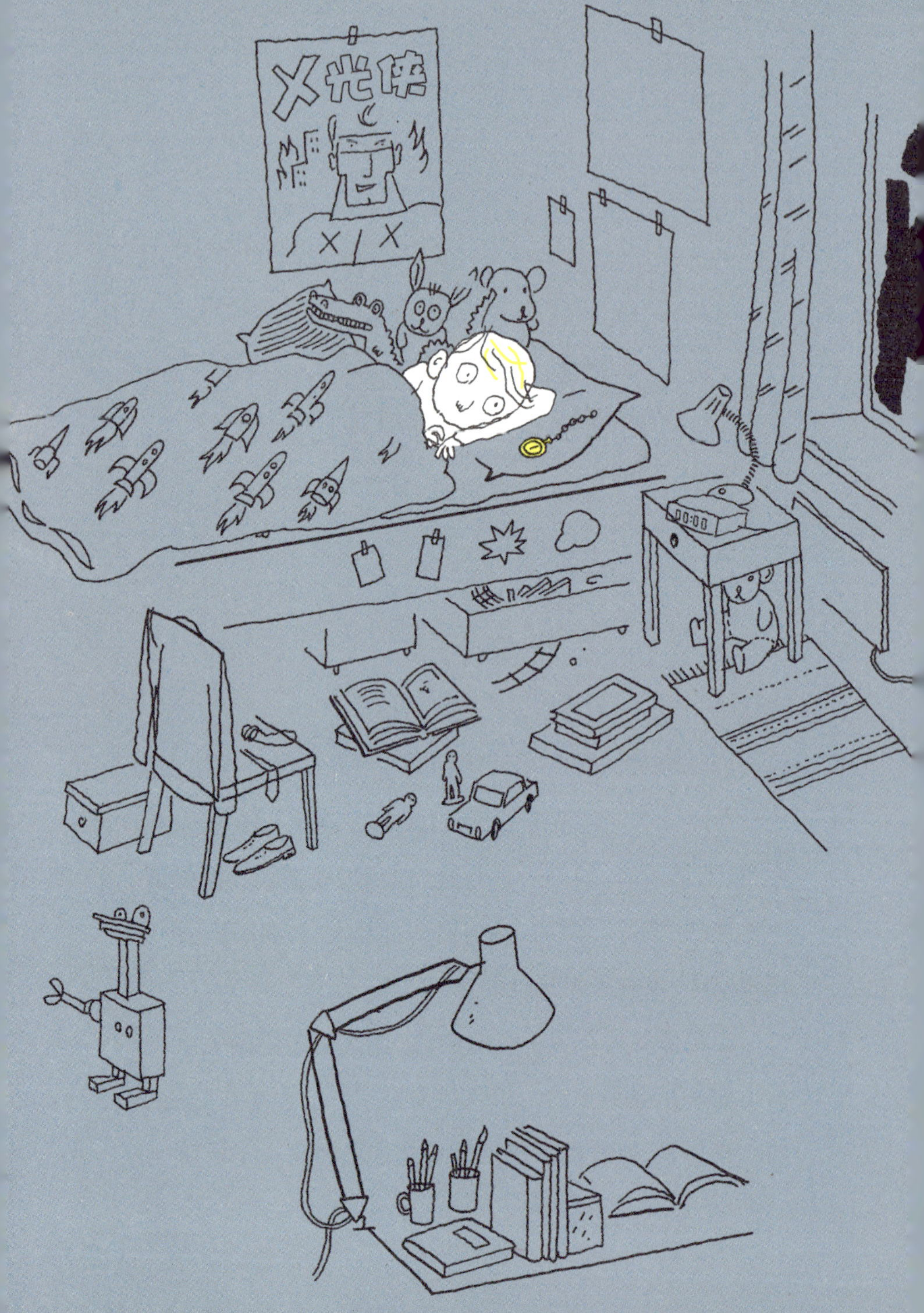
X光侠

两个人有说有笑的。

黑色侠看到了他,说:"你终于来了。"

青蜂侠问:"我们为什么要在这里见面?"

棕色侠没有回答,而是问他们:"你们已经坐在这里等很久了吗?"

黑色侠笑着说:"奥丝给我讲了她的那位疯子外婆的事情,她可真是个怪家伙。"

青蜂侠立刻插嘴说:"不是奥丝讲的,是青蜂侠讲的。"

黑色侠说:"对,是青蜂侠。不过那个外婆可真有趣。"

他们找到了外公提到的柴火堆后面的车库钥匙,但是当棕色侠打算用钥匙打开车库大门的时候,他发现门没锁。

棕色侠说:"真奇怪!"

青蜂侠小声地说:"不会是有贼吧?"

他们小心翼翼地进入了车库里,小宗外公的那辆老爷车还停在这里,上面蒙着一层灰。

黑色侠说:"我们应该开开这辆车,这肯定会让牧师

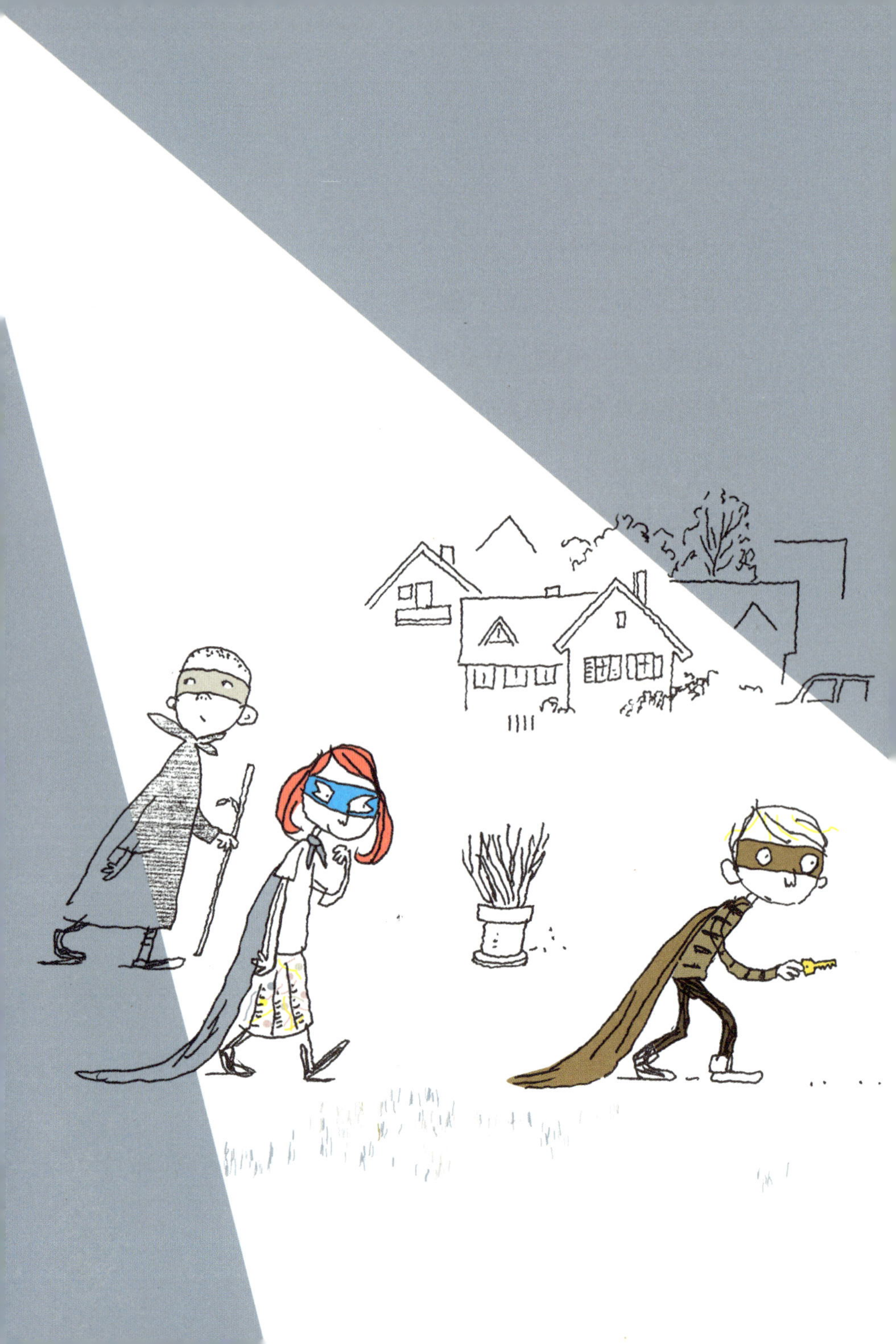

的儿子羡慕得不得了！"说着,他用手擦了擦车灯上的灰。

棕色侠说:"我们只是来拿油漆的,外公说过了。"

青蜂侠说:"他不是已经死了吗？"

棕色侠连忙改口说:"是的……但是要是他还活着,肯定也会这么说的。"

车后面有一大桶油漆。

"咦？这里应该有很多桶油漆才对呀。"

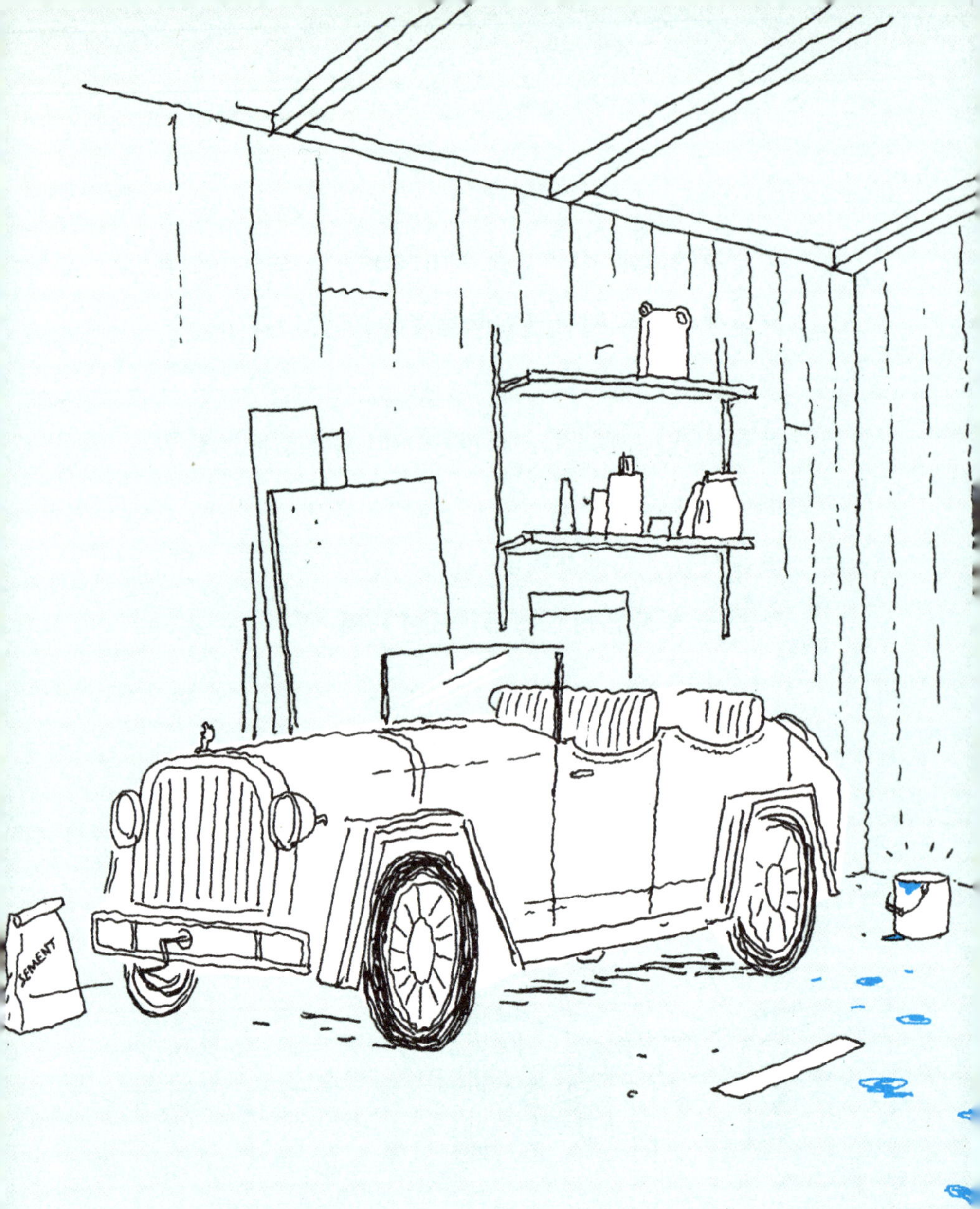
SEMENT

他们把油漆桶提出来，然后排成一队穿过草地往回走。为了避免被人发现，他们特意绕了一条路回木屋。他们站在山坡上，看着夜色中的一座座房子，还有拉出了一条长长影子的教堂。

棕色侠说："我今天去了教堂，牧师开始怀疑我了，因为他看到我手上有油漆印。"

另外两个人吃惊地看着他。

青蜂侠说："他知道是你了！"

黑色侠说："那他肯定也知道是我们一块儿做的了！"

棕色侠想了想，接着说："我知道，或许我们今天晚上不应该刷教堂塔顶，这是个愚蠢的行动。"

青蜂侠说："但是我们必须把教堂刷成蓝色的。"

棕色侠说："可是他已经发现我们了呀。"

"你就说他是产生幻觉了呗。他是一个牧师，我记得《圣经》里面写了好多这样的事儿，很多人都产生了幻觉，看见了鬼神什么的。"

青蜂侠问："你看过《圣经》？"

黑色侠说："我听过好多关于《圣经》的故事，妈妈经常和朋友讨论关于《圣经》里面的人看见了鬼呀神呀，或是在死后进入天堂之前，有人看到了非常不可思议的东西之类的故事。我觉得这些故事实在是太夸张了，不过牧师肯定愿意相信这种事。"

青蜂侠说："我外婆每天都要看《圣经》，我觉得这就是她那么疯疯癫癫的原因。但是妈妈说，如果不看的话，外婆会变得更疯，这可不是什么好事儿。"

随着他们离教堂越来越近，教堂看上去也变得越来越高，就像是一座黑色的大山一样。这时，突然刮起了一阵很猛烈的风，吹得教堂外面的脚手架不停地摇晃。教堂周围的墓地一片漆黑，一只獾不知从哪儿蹿了出来，从他们面前跑过，把黑色侠吓了一大跳。

青蜂侠说："那就是一只獾。"

黑色侠问："你们觉得死了的人会不会在晚上活过来？"

青蜂侠说："不，这绝不可能。因为他们的肌肉都已经萎缩了呀。"

棕色侠没说话，他跟着黑色侠和青蜂侠一块儿来到了脚手架下。

黑色侠问:"你们听到什么声音了吗?"

青蜂侠说:"没有呀。"

黑色侠说:"是不是有死人的声音?"

青蜂侠说:"这不可能。"

棕色侠小声说:"我也听到了什么声音。"

青蜂侠说:"可能是修理教堂顶的人吧。"

黑色侠说:"他们不会在三更半夜工作吧。"

"脚手架上可能是死了的人。"

"快看那儿。"棕色侠边说边指着不远处停着的三辆自行车。那是牧师的儿子、安东和从德拉门来的鲁本的自行车。三辆车都停在脚手架旁边的小路上。

青蜂侠小声说:"他们在这里干什么?"

黑色侠说:"不知道。"

他们听到牧师的儿子在喊着什么,另外两个男孩听到后开心地笑了起来。

棕色侠低声说:"我们现在不能刷教堂了。"

黑色侠说:"太不走运了。"

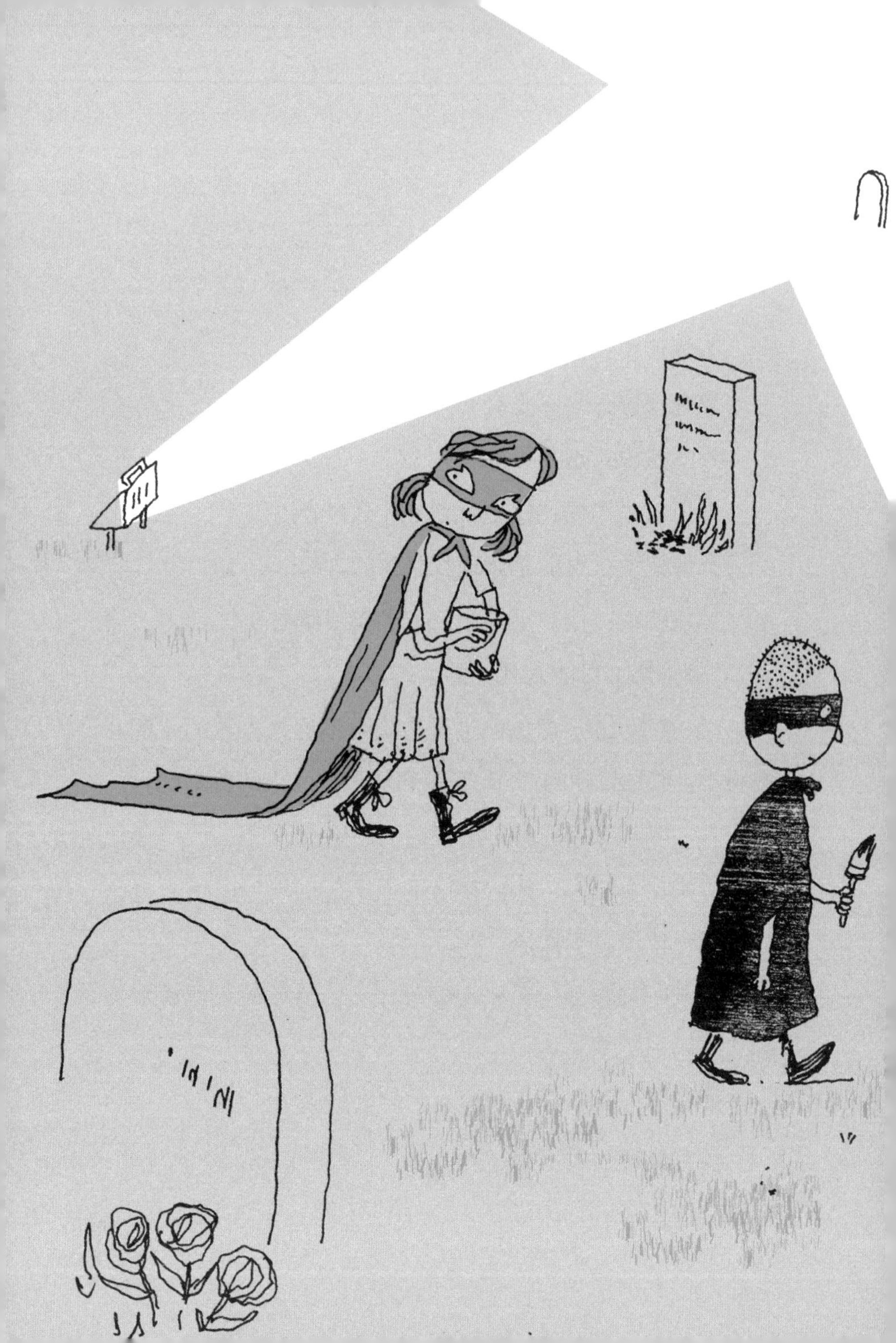

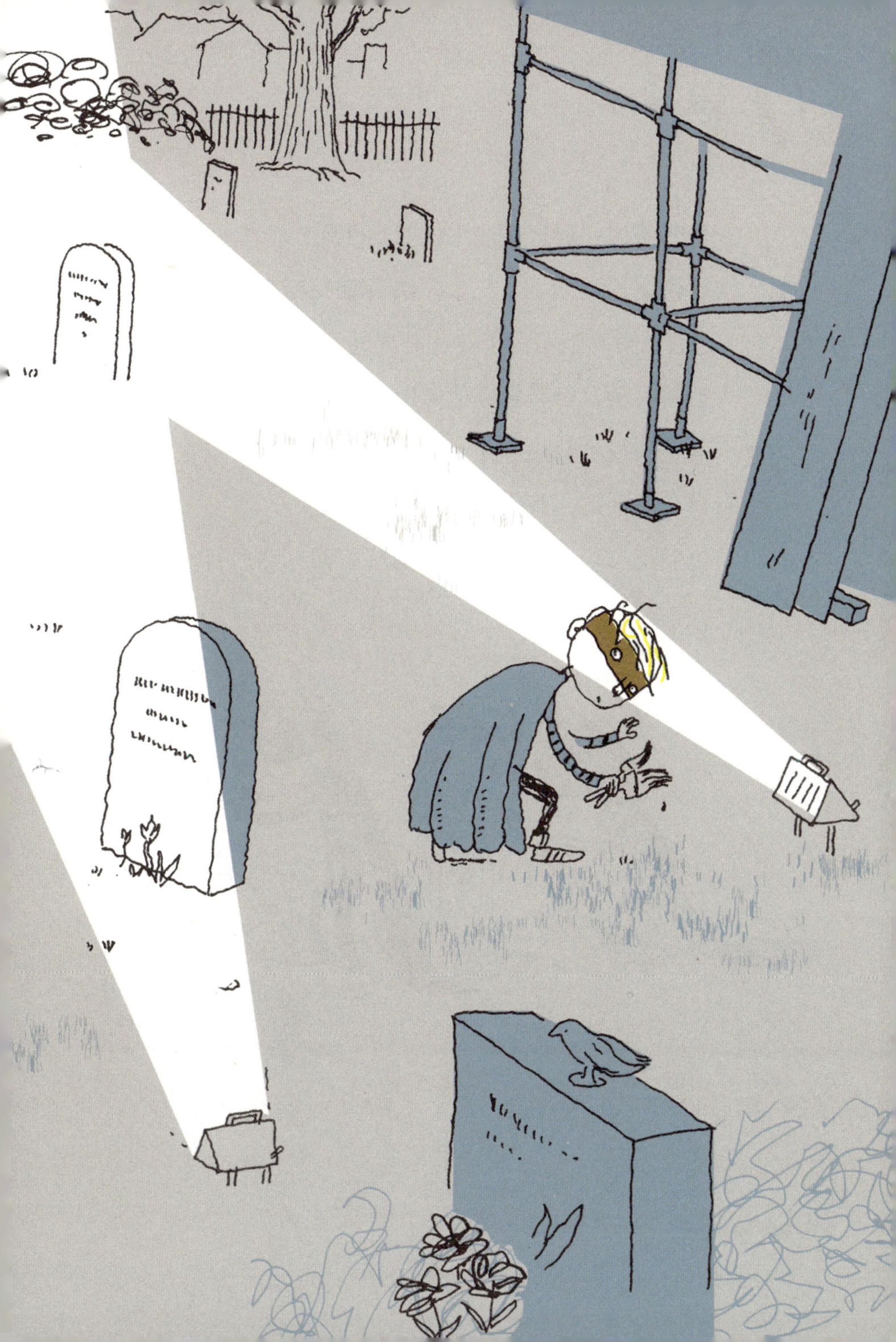

青蜂侠说:"那这些油漆该怎么办呢?"

她说完这句话后,三个超级英雄互相交换了一下眼神。他们一瞬间就明白了彼此心里的想法,三个人默契地一人抬着一辆自行车轻轻地向山坡下走去。

黑色侠说:"我想到了一个好地方,我们可以在那里给自行车刷油漆。我们去学校吧。"

他们把自行车搬到学校的围墙后面,然后打开油漆

桶，把刷子蘸满油漆。三辆自行车很快就被刷上了厚厚的蓝色油漆。车头、车座，自行车所有的部分都变成了蓝色。

青蜂侠突然想到一个问题，她说："我们要不要把自行车再搬回教堂去？"

棕色侠说："不知道。"

黑色侠笑着说："就把它们放在这里吧，明天就晾干了。"

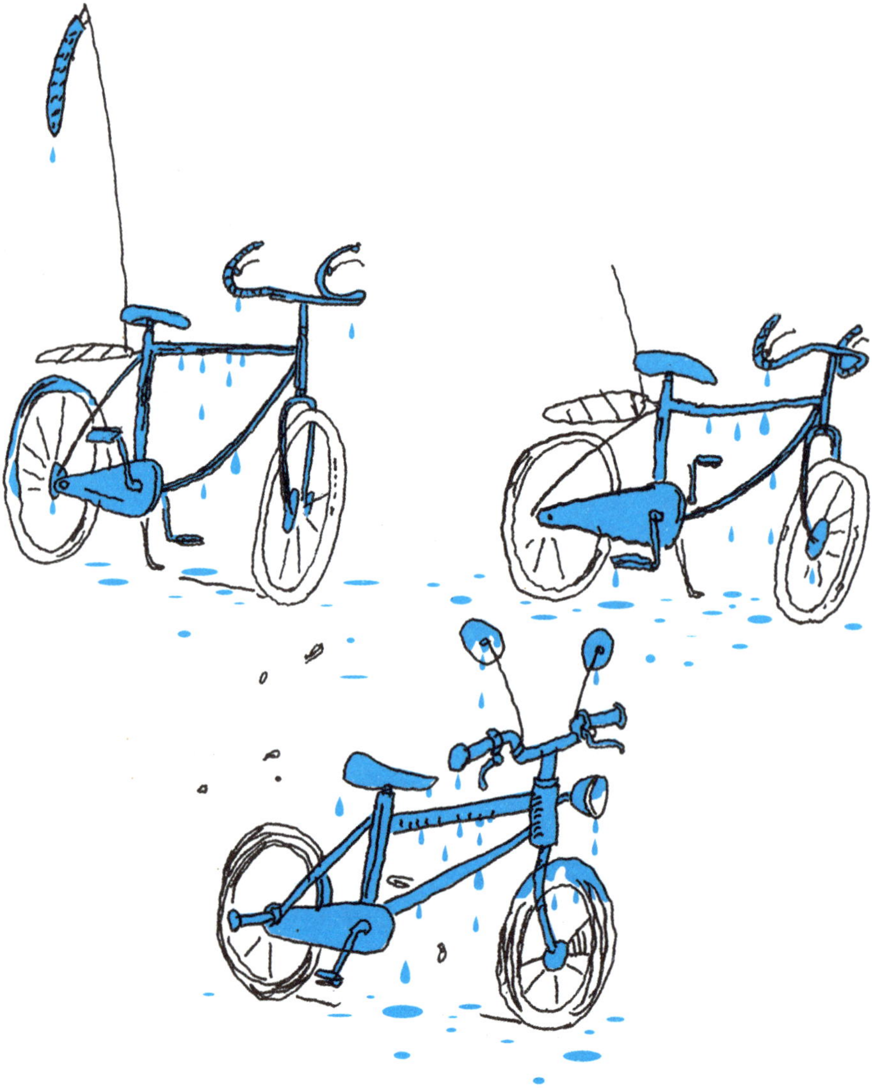

一切都会好的

第二天早上,小宗醒过来的时候,大脑一片空白。但是没过多久,他突然一下子想起来了:蓝色的油漆、自行车、教堂的塔顶,还有他们把剩下的油漆藏在了学校后面的灌木丛里。他觉得肚子里一阵翻腾,特别疼。他看看自己的双手,酒精已经把大部分的蓝色油漆擦掉了,只有指甲缝里还残留着一点儿。于是,他走到卫生间里找到了一把指甲刀,把大拇指的指甲剪得短短的,然后,又用香皂洗了手。

妈妈坐在厨房里看报纸。餐桌上面摆着面包、黄油和果酱。妈妈在边看报纸边喝咖啡。她喝了一口咖啡,抬起头,看到小宗站在门口。

"早上好。你看上去很疲惫呀,像是昨天晚上没有睡觉。"

"没有,我昨天晚上睡得像一头猪一样。"小宗说着,一屁股坐到餐桌旁。

"我做了一个很奇怪的梦。我梦到自己还是一个小女孩,和你外公一块儿去钓鱼。我们各自坐在一个竹筏上,外公在吹笛子。他吹的曲子特别奇怪,我现在想不起来是什么曲子了。外公总会演奏一些新的曲子,他说是16世纪的时候牧民会唱的牧歌。但是,我知道他是在开玩笑。当我们想要划船的时候,忽然发现我们的船不在小河上,而是漂在一块巨大的蓝色油漆上,好像是有人用蓝色的油漆画了一片巨大的湖。"

听到这里,小宗愣了一下。

"但是这时,外公说'应该让小宗来实现他的愿望了'。我不懂他这番话的意思。小宗,这真是一个奇怪的梦,对

吧？"

小宗点点头,抓起一片面包,但是没有抹上果酱。他坐在那里,静静地看着手里的面包片。

"小宗,你还好吗？"

小宗没有回答。

妈妈又问了一遍:"小宗,你还好吗？"

"不。"小宗回答道,"不好。"

他跑回自己的房间,拿出外公留下的那个纸包,打开纸包取出那只长颈鹿的耳朵,低头看着它。然后,他跑到走廊,穿上外套。妈妈在厨房里喊着:"你得先把早饭吃了

再出去!"

　　小宗把鞋套在脚上,还没有穿好就冲出了门外。他一路跑过外公的那块大石头,一直跑到了小路的尽头,最后跑到木屋那里。那里看起来仍像是一个被废弃的鸟巢。小宗坐在一块木板上。他从衣服兜里拿出长颈鹿的耳朵,又从另一个兜里拿出外公的怀表。他看着那只长颈鹿的耳朵,把它放在嘴边,闻到一股臭烘烘的味道。他小声对着它说出了心里的话。一遍又一遍。这时,怀表开始走动了。秒针开始转动,但它不是正常的顺时针地走,而是一下一下地往回走。小宗紧张地屏住呼吸,看着它慢慢地转了一圈,然后又停了下来。小宗就这么坐着,静静地看着这块重新安静下来的怀表。他默默地把长颈鹿的耳朵收好,站起来,看着山坡下。阳光照在山下的房子上,给屋顶染上了一层金色。

当小宗走到大石头那里的时候,他看到他们家的房子外面停着一辆警车。他感到胃里一阵紧缩,然后迅速地藏到了大石头的后面。大石头后面的草地很湿,他的膝盖

被打湿了。他觉得自己的心脏快要跳出来了。他把外公的怀表从兜里拿出来，紧紧地握在手里。然后，他试着调整了自己的呼吸，深吸了好几口气，重新站起来，慢慢地走向家门口。

爸爸看到小宗回来了，对他说："你回来了。"

爸爸走进厨房,妈妈和两个警察坐在客厅里。一个女警官,还有一个长着络腮胡的男警官。他们看到小宗后,都转过身来面对他坐着。

爸爸说:"这两位警官来咱们家了。"

"我们是为油漆的事情而来。"那个男警官说道。

"是的,蓝色的油漆。"女警官补充道。

小宗点了点头,他感到自己的膝盖在打战。

"我们有麻烦了。"妈妈说。

听到这句话,小宗感到自己的手心在不停地出汗,他紧紧地握着外公的怀表。

爸爸从厨房里出来,给大家端来了几杯咖啡,"他们发现外公车库里的蓝色油漆被偷了。"

"这实在是太过分了,爸爸才下葬不久,就出了这种事情。"妈妈生气地说。

"这只是几个男孩的恶作剧。男孩子都很淘气。"女警官安慰妈妈。

男警官接着说:"但是,我们已经发现他们了。或者说,他们把自己暴露了。"

女警官有点儿激动地补充,"我们发现他们的那天晚上,他们浑身都是蓝色的油漆!他们还在教堂的墙上写了很多乱七八糟的话。"

听到这里,小宗有点儿不明白了,他充满疑惑地看着这位女警官。

妈妈边摇头边说:"是牧师的儿子。"

爸爸接着说:"他们闯入了外公的车库。"

男警官说:"他们说只是为了去看看那辆老爷车。"

"但是他们不经允许就闯进去……"妈妈有些不理解地说道,"他们其实可以来问问呀……"

爸爸说:"他们找到了我们买的油漆。外公生病之前,我们本来打算在夏天的时候粉刷他的房子。你还记得吗?"

小宗觉得脑子里一片混乱,他用了好久才让自己的思路变得清晰一点儿,然后点了点头。

小宗敲了敲奥丝家的大门。奥丝的妈妈打开门,屋子里有一股刚烤好的面包的香气。她让小宗直接上楼去找奥丝。当他来到奥丝房间门口的时候,他听到屋里传来一阵笑声。他敲了敲门,奥丝一边大笑一边打开了门。阿特勒也在屋里。

小宗说:"你也在这儿?"

阿特勒说:"奥丝的外婆可真有意思,她有一个长得像马的男朋友,所以他有个外号叫'大头马'。"

奥丝又一次大笑起来,小宗也忍不住笑了出来。

等他们都平静下来一些,小宗说:"那三个男孩被警察抓住了。"

"警察？"

"他们从外公的车库里偷了很多蓝色的油漆，还在教堂的墙上写了很多乱七八糟的字。当警察发现他们的时候，他们浑身都是蓝色的油漆。而且，他们的自行车也都是蓝色的。"

奥丝和阿特勒又开始大笑起来。

奥丝的妈妈进到他们的房间里，她端来了一盘刚出炉的葡萄干面包。

她问："你们在笑什么？"

奥丝说："没什么。"

"没什么？"

小宗说："是的，没什么特别的事情。"

奥丝说："我们在笑那几个男孩，他们现在不能再调皮捣蛋了。"

奥丝的妈妈说："是的。"然后她放下盘子走了。

那天晚上，小宗睡着睡着突然从床上摔了下来。他做了一个梦。他揉了揉眼睛，听到外公的怀表又发出了"滴

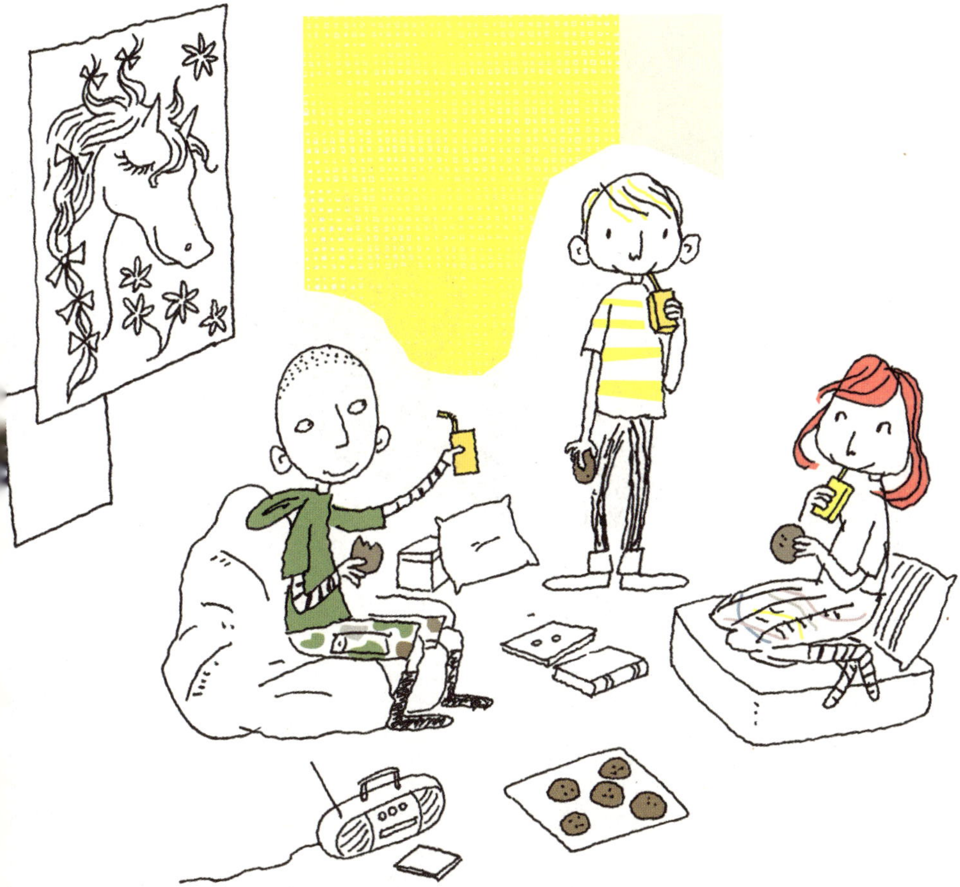

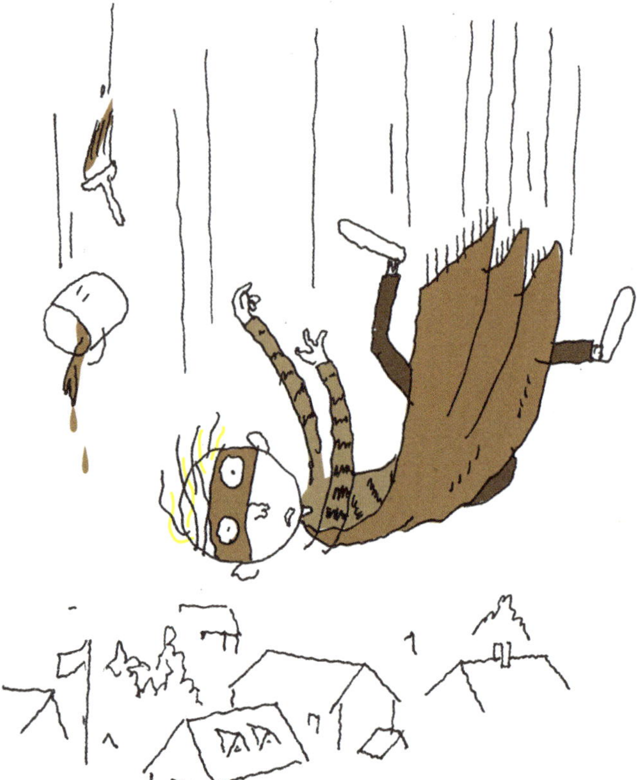

答滴答"的响声。他站起来,走到窗前。外面的大石头那里有微弱的光亮,四周一片寂静。小宗打开衣柜,穿上了棕色侠的外套。然后,他拿出棕色侠的面具,低头看着它。过了一会儿,他戴上面具,又悄悄地溜出了家。

他走过石子路,来到大路上。路的另一边,外公坐在大石头上。

小宗说:"您不是已经下葬了吗?"

外公说:"是的,但是我偷偷跑出来再最后透透气。要安静地躺那么久,这对我来说太困难了。"

小宗说:"我也这么觉得。"

外公无声地笑了笑。

他问:"你的木屋怎么样了?"

小宗说:"我们已经开始重建了,阿特勒、奥丝和我。"

外公冲他眨了眨眼,说:"你们要把它刷成蓝色的吗?"

小宗点点头。

外公说:"知道你有两个好朋友,我很高兴。"

小宗说:"不止两个,我还有你。"

外公没有说话。他认真地看着小宗,看了很久。然后,他伸出手摸了摸小宗的头。

外公说:"我很快就要离开了,还有很多需要我去做的事情。我得去看看风是不是刮得够大,这样秋天的时候树上的叶子才能都被吹下来,落在地上,让你可以在上面踩着玩;我还得去小河那里,把大鱼引到下游来,这样它们才会咬上你的鱼钩。我不能每天晚上坐在这里了。"

"外公,我不希望你消失。"

"我明白。我还在呀。我就在那块老怀表里。每当表针走动的时候,都是我的心脏在跳动,我会小声地告诉你,一切都会变好的。"

"但是我不希望你消失。"

外公说:"我明白。小宗,你是一个聪明的男孩。一切都会好的。"

外公站起来,把一只手放在小宗的肩膀上。

"现在带我去看看你们的木屋。我有没有给你讲过我在美国盖摩天大楼的故事?告诉你,我有好多技巧可以教给你,帮你把木屋建得更加牢固。"

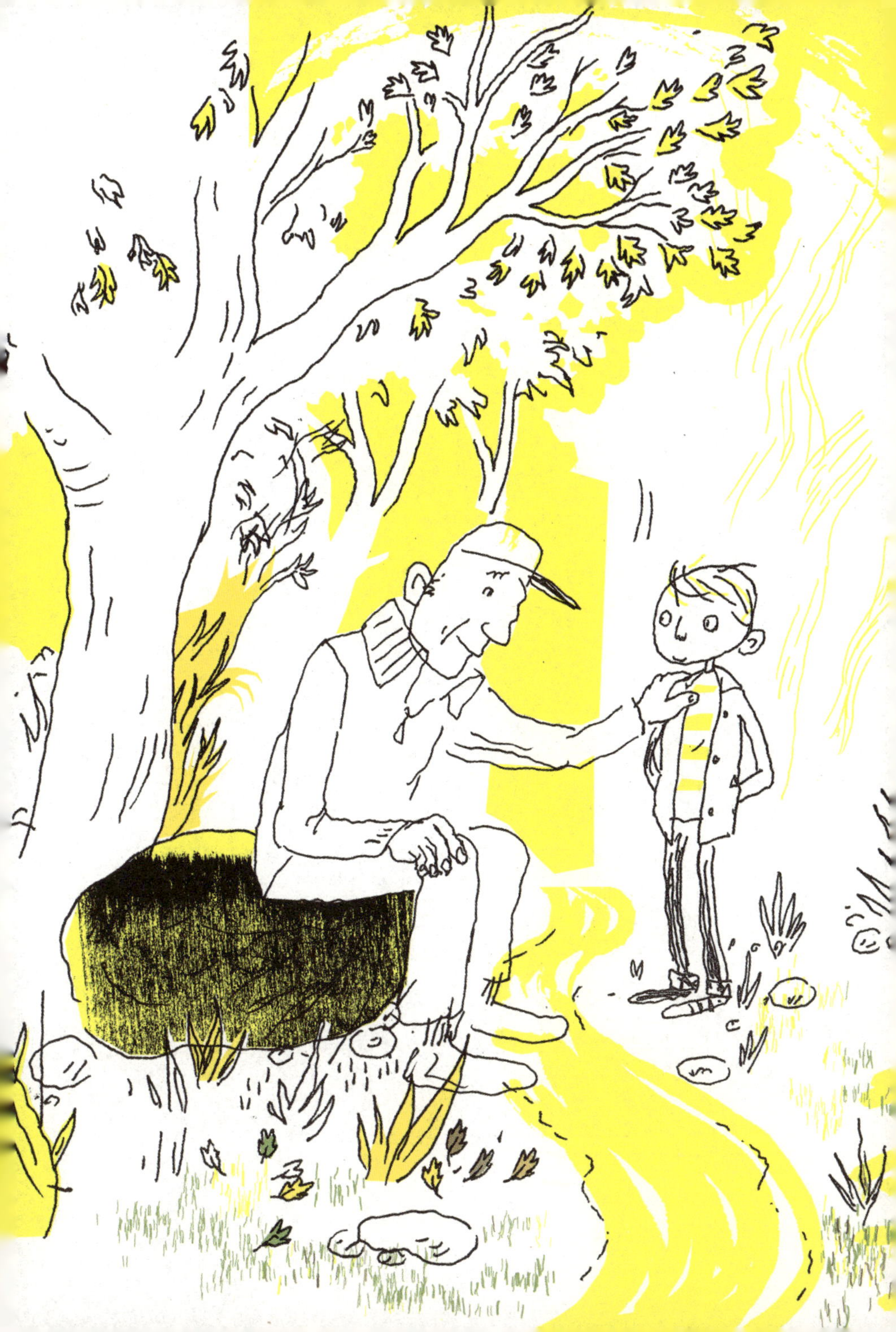

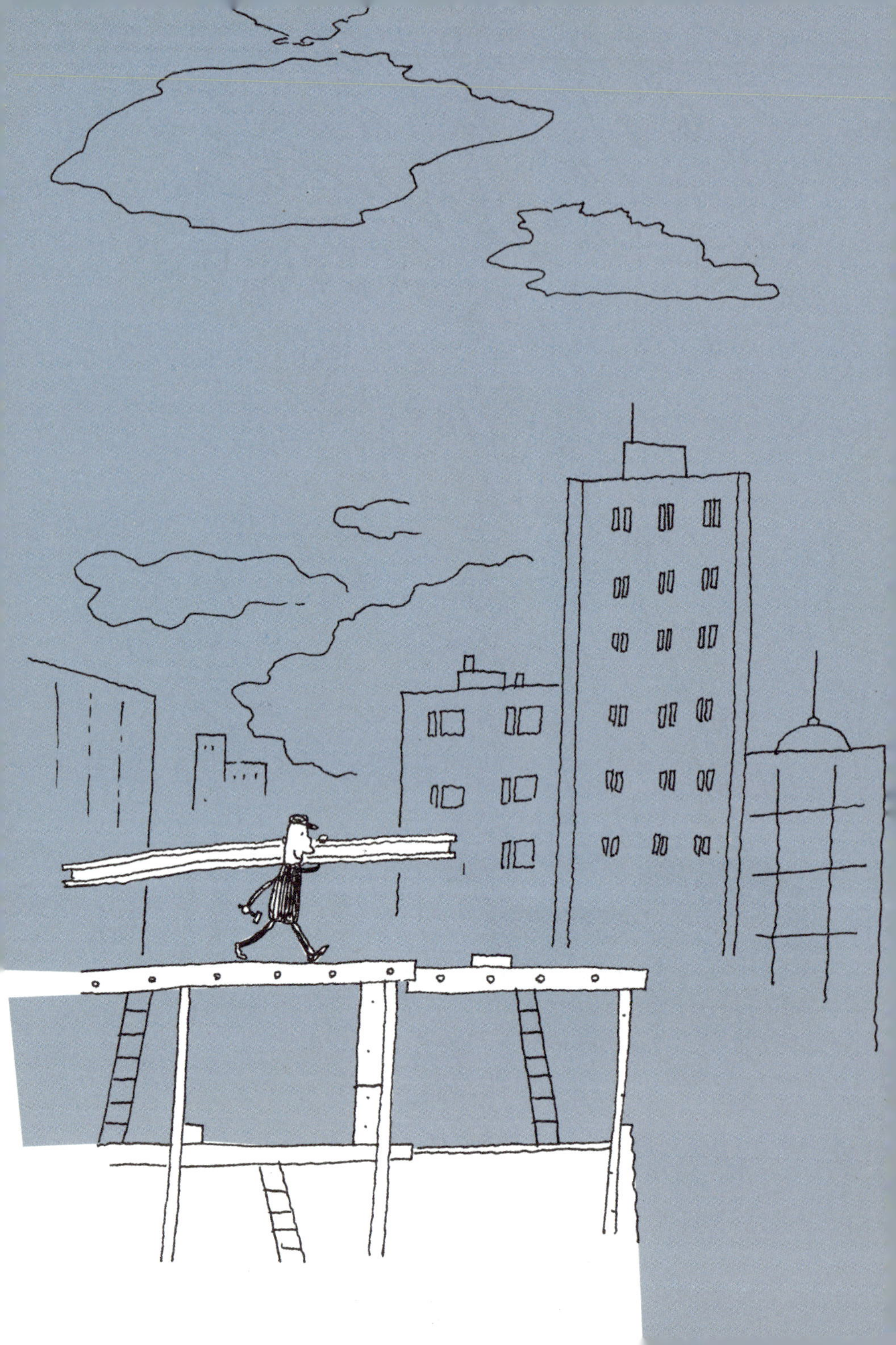

小宗问:"外公,是真的吗?"

外公说:"当然是真的了,不然呢?"

然后,他们一块儿沿着森林边的小路走上了小山坡,来到散落着许多木板的坡顶。不久之后,那里将会出现一座蓝色的木屋。

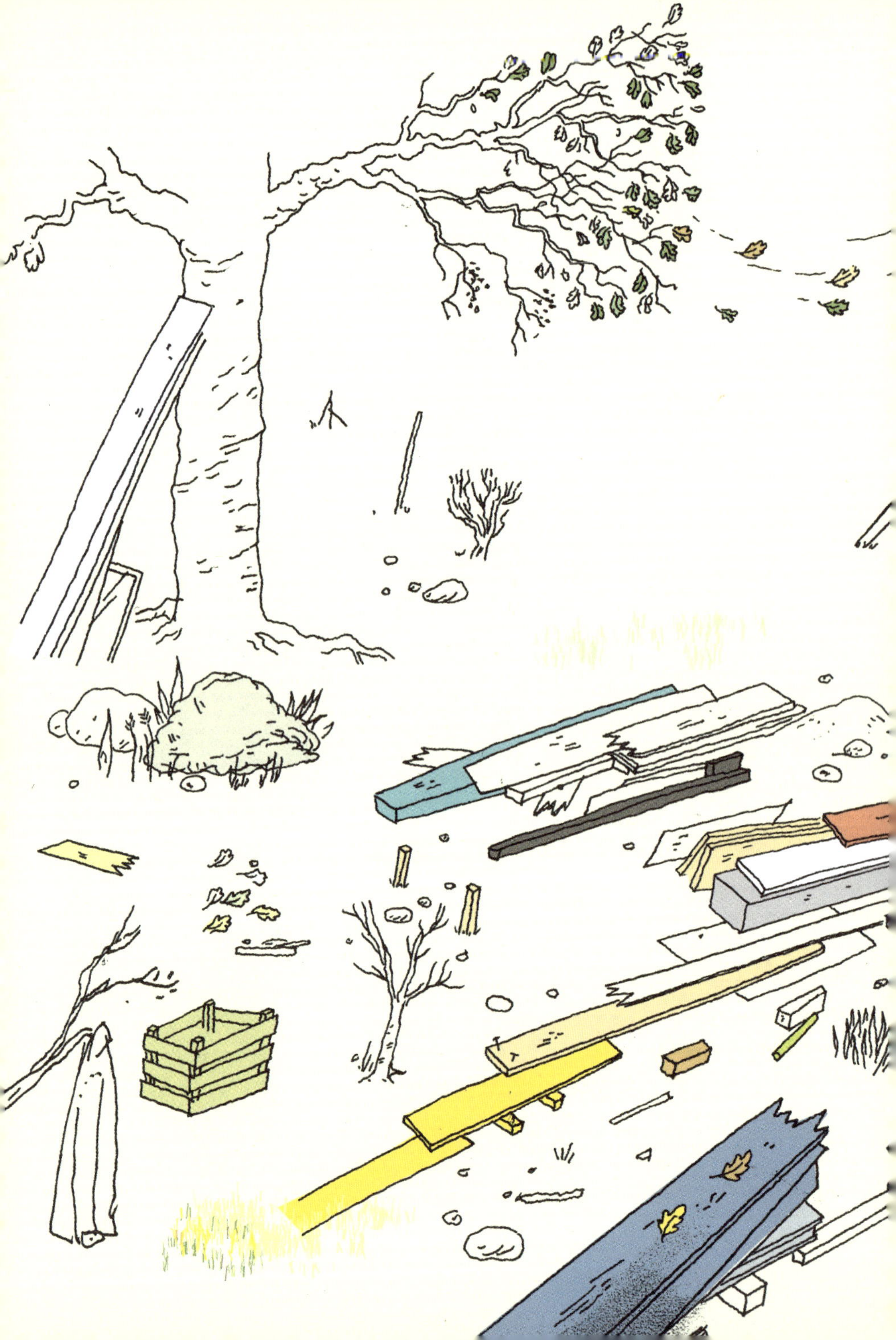

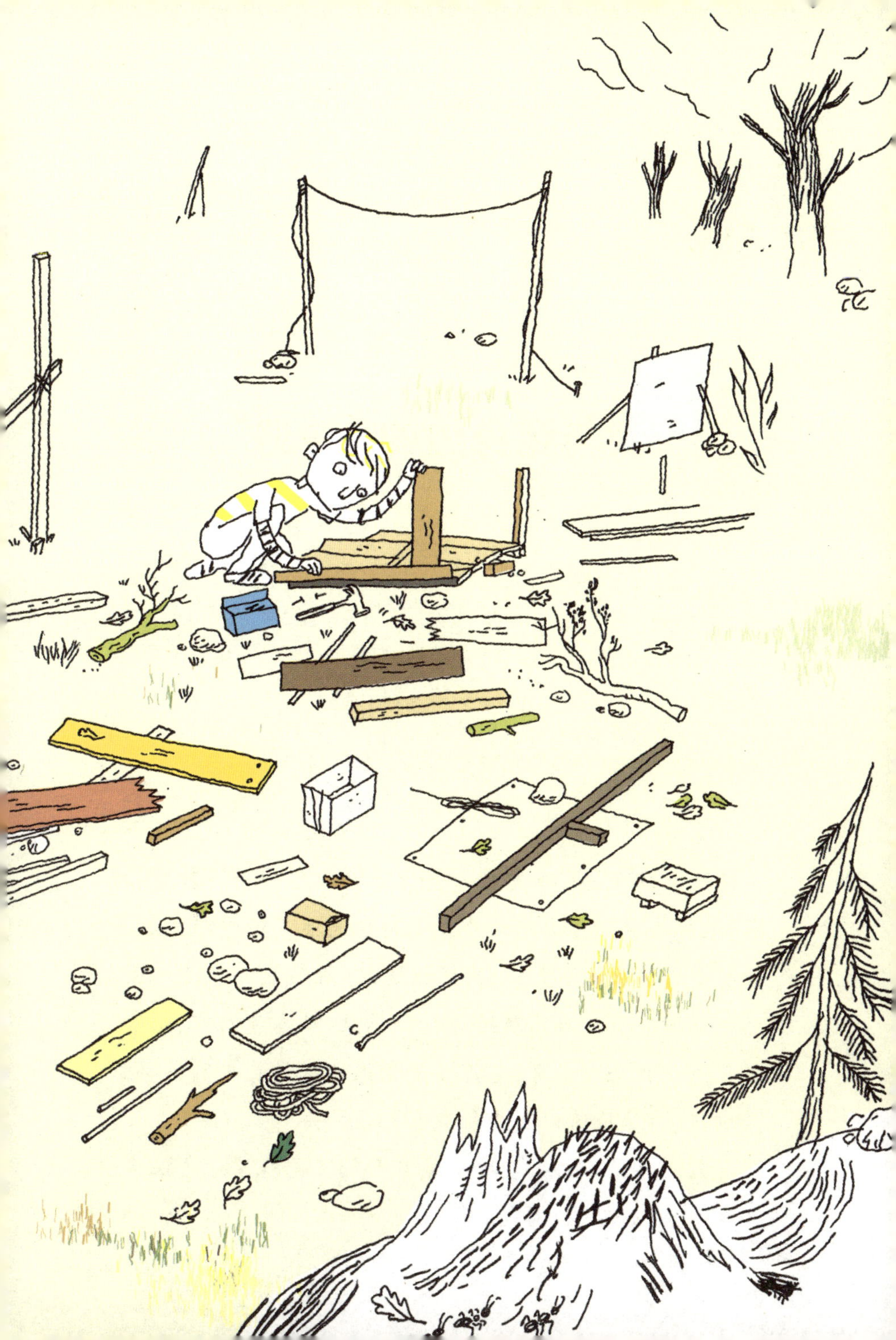

书评

我与我身边的"他们"

王 蕾

首都师范大学初等教育学院副教授
首都师范大学儿童生命与道德教育研究中心研究员
中国儿童文学教育研究中心秘书长
海绵阅读汇教育研究中心主任

生命教育是当前基础教育中非常重要的一种教育形态。生命教育不是单指对生命本身的自然属性予以关注，如安全教育、出生教育、成长教育，它所涵盖的维度涉及生命体所概有的自然属性与社会属性。从本质而言，生命教育是一种全人教育，它关注生命体本身的自我价值、他人价值、自然价值以及生命成长价值。

近几年，国内很多中小学都开始不同程度地关注生命教育,有的学校已开设专门的生命教育课程,有的学校已将生命教育纳入整个校园文化建设中。但当生命教育的重要性已成为不争的事实之后,接下来的问题便是:用什么来对儿童进行生命教育呢?是有关生命教育的理论知识?还是案例分析?还是系统教材呢?文学是儿童教育的重要载体,优秀的儿童文学作品正是对儿童进行生命教育的优质资源。教师和家长应该挑选适宜的儿童文学作品,用儿童喜欢的故事内容、儿童中意的叙述方式、儿童热衷的人物形象来与他们进行生命教育的探讨。

《棕色侠》是一部来自挪威作家笔下的当代儿童文学作品,以其独特的他人价值维度来构建文本,可作为儿童生命教育课堂的典型文本来使用。成人与儿童可以一起跟随作品的情节和人物,进行一场思索自我与他人关系的主题对话。

《棕色侠》的故事情节推进紧紧围绕着"我"与"他",即小宗与身边各种不同关系的"他"来开展。矛盾对立体小宗与三个大男孩相互间的不断冲突是整部作品情节发展的主要线索。这样的线索构思从现实角度符合儿童读者视角:来自同龄人的欺负、校园欺凌、同学冲突等是学龄儿童并不陌生的故事,直接对接儿童的生活经验。三个大男孩安东、牧师的儿子、鲁本,他们从一开始就不友善,对和家人一起从城市搬到乡下来、还人生地不熟的小个子小宗进行欺负,并粗暴地破坏小宗和朋友阿特勒搭建的小木屋。三个男孩为什么要对并不熟悉的小宗这样做?因为他们仗着自己个子大,仗着自己是当地人,仗着自己人多。恃强凌弱,这本是人性中非常原始丑陋的本能,如果这样的本能在后天的家庭教育、学校教育中没有得到遏制,而是任其发展,就会生发出欺凌弱小的可怕暴力行为。那我们的主人公小宗面对来自同龄人的不友善,他是忍气吞声、躲避退让,还是以同样暴力的方式以暴制暴呢?我们高兴地看到,他并没有因为自己的年龄小、个子矮而惧怕三个大男孩,他勇敢地上前阻止三个男孩的破坏行为,用机智的语言"还击"他们。可三个男孩并未停止对付小宗,冲突还在继续。他们在夜晚偷偷跑到小宗家,企图破坏他家的苹果树。这回,小宗决定用自己的方式来惩罚他们——于是,我们的棕色侠正式登场了!他不再是小个子小宗,他是超级英雄棕色侠!他用自己幽默又独特的"刷漆"方式惩罚了三个捣蛋鬼。也许在还未碰到对立的"他"之前,小宗还有些胆怯,作品中用反衬的方式对此有所提及。但"坏孩子"的出现反倒造就小宗变得勇敢,他学会用聪明、机智的办法来解决冲突。而正是这些冲突和挫折让我们的小主人公获得了成长！

除了对立的"他"之外，小宗的他人关系中还有一个重要的"他体"，就是他去世又"复活"的外公。作品一开始就交代小宗外公的去世，得知这一消息，小宗表面显得很平静，只是"嗯"了一声回应，但其实他很难过——"他静静地坐在车里，用手不停地抠仪表盘上的贴纸"，"贴纸被撕掉后残留了一些白色痕迹，他一直呆呆地注视着那里。"小宗虽然和自己的父母并未交流太多对外公去世这件事的想法，但其实只是他不知如何跟父母去谈论，他内心对外公的离世、对亲人的死亡充满了困惑与不安。当作家用幻想文学的手法在作品中安排小宗跟死去的外公见面时，每次见面，小宗都很激动，他信任外公，想念外公，他向外公吐露心声。当要与外公分离时，他总会问外公"我还能再见到您吗"。其实，小宗与外公的深情厚谊是贯穿作品的一条重要的情感线索，正是因为这浓浓的爷孙情，故事才得以发生、伸展。虽然，作品一开始就用冰冷的死亡将小宗与外公分离，但正是挚真的爷孙情让小宗与外公再次相见。他们聊天，他们分享，他们讨论，外公始终都在小宗的身边，用"棕色侠"的方式帮助他成长为真正的男子汉。

此外,小宗与朋友阿特勒和奥丝的同伴关系、与父母之间的亲子关系,这些他人价值都作为小宗成长中的正向因素,帮助他在面对困难时走向成熟,收获成长。

我们每个人作为社会中的一员,都生活在无数与他人的关系中。正是这些关系,以及我们怎么处理这些关系的方式,让我们不断经历,超越自我,获得力量,体验成长。《棕色侠》以小主人公为核心,构建出多重维度的他体构建方式,让我们在跟随作者的笔触走进小宗的世界时,一起思考勇敢、友情、亲情、善良及死亡、正义这些严肃、理性的议题。优秀的文学作品不仅要让小读者在阅读中拾获乐趣,还要让他们在思索中探寻生活、自我成长。《棕色侠》正是这样一部让儿童快乐阅读、思索探寻的优秀作品。

教学设计

《棕色侠》教学活动设计

张婧雅 / 北京市朝阳实验小学语文教师

一、活动导入

1. 播放《蜘蛛侠》片段。
2. 通过观看影片,你有什么感受?

【设计意图】从视觉上感知"侠"的形象。

二、活动过程

(一)重温故事,体悟形象特点。

1. 教师将《棕色侠》的故事片断图文并茂地进行展示,并请学生自己挑选已经读过的精彩段落朗读,师生一起重温故事内容。

故事精彩片断举例如下:

A:白天,小宗是普通的小男孩,到了晚上,当外公的怀表开始"滴答,滴答"转动的那一刻,小宗会穿上棕色的斗篷,戴上棕色的面具,扎上棕色的腰带,提上棕色的油漆桶,变成"棕色侠"。

国际大奖小说

B:"棕色侠"小宗的外公去世了,他很想念外公。当晚上他见到和蔼可亲的外公时,"棕色侠"很激动,向外公吐露心声。"外公,人死了之后是什么感觉?"天真的小宗问了外公这个严肃的问题,外公则以温馨的方式、平和的语气为小宗进行了讲解。

2.教师向学生提问,师生一起讨论"棕色侠"有哪些特点,并以学生小组为单位进行深一步的讨论与汇报。

3.讨论后的填表活动示例:不同的颜色可以代表人物不同的特点,如果让你用不同的颜色来显现小宗的特点,你会选用什么颜色?为什么?

小宗的特点	颜色	所选颜色原因

【设计意图】通过重温故事,初步感受"棕色侠"的特点。其实,不同的颜色可以展现人物不同的特征,以填表格的形式,让学生用颜色来展现主人公的不同性格,增强学生对人物的认识,同时,也能激发学生的想象力以及解说能力。

(二)感知生命:我们如何与他人相处。

1.小组讨论:

(1)当小宗被三个大男孩欺负后,他是怎样做的?

(2)如果你是小宗,面对这样的事情,你会怎样做?

(3)在现实生活中,你遇到过不公平的事情吗?如果遇到过,你是怎样做的?

2.通过阅读故事,小宗和外公的哪一次对话给你留下的印象最深刻?为什么?

3.生和死是相对立的,死亡也是生命的一个过程,面对外公的离去,小宗内心是悲伤的,但他没有萎靡不振,而是以独特的方式来消除内心的低沉。说一说,小宗是用怎样的方式来消除内心的消沉?

【设计意图】通过感知生命,体会人与人之间的关系与情感,学会与他人相处。

(三)跳出故事,谱写生命的赞歌。

1.寻找身边的"侠",述说他们的事迹。

2.用画来展现我与他人之间的关系,畅想生命的画卷。

【设计意图】通过这个环节,让学生跳出故事内容,联系生活实际,找到我们身边的"侠",同时,以画来表现人与人之间的关系,激发学生的情感体验。

(四)教师总结。

侠,一个神圣而平凡的称呼,一个遥远而亲近的称谓。也许你的身上就具有"侠"的元素,只是你没有发现而已。那么,在生活中,"侠"应该怎样和他人相处呢?

作者简介

哈康·俄雷奥斯

挪威人,生于1974年,是一位作家和诗人。他至今共出版了三本诗集和两部儿童文学作品,《棕色侠》是他创作的第一本童书。

俄温·托斯特

挪威人,生于1972年,是挪威知名的艺术家和插画家。他创作的图画书获得过许多奖项。2012年,他代表挪威获得了林格伦纪念奖及国际安徒生奖两项世界大奖的提名。他与作家哈康·俄雷奥斯共同创作的《棕色侠》一书在整个北欧乃至全世界掀起了一股棕色旋风,版权售出十余种语言。